Uwe Goeritz

Eine Nixe im Strudel der Gefühle

Bibliografische Information der Deutschen Nationalbibliothek: Die Deutsche Nationalbibliothek verzeichnet diese Publikation in der Deutschen Nationalbibliografie; detaillierte bibliografische Daten sind im Internet über http://dnb.dnb.de abrufbar.

Coverbild: Bilder von Sabrina Belle und Kordula Vahle auf Pixabay

Covergestaltung: Uwe Goeritz

Verlag: BoD · Books on Demand GmbH, Überseering 33, 22297 Hamburg, bod@bod.de

Druck: Libri Plureos GmbH, Friedensallee 273, 22763 Hamburg

ISBN: 978-3-7693-9833-5

Inhaltsverzeichnis

$\mathcal{D}$iese Erzählung sollte Jugendlichen unter 18 Jahren nicht zugänglich gemacht werden.

Ausnahmslos alle Beteiligten dieser Geschichte sind erwachsen und über 21 Jahre alt.

Sämtliche Orte, Figuren, Firmen und Ereignisse dieser Erzählung sind frei erfunden. Jede Ähnlichkeit mit echten Personen, ob lebend oder tot, ist rein zufällig und vom Autor nicht beabsichtigt.

1. Kapitel
Herbstgedanken

*D*unkle Wolken zogen am Himmel entlang und verkündeten das nahende Ende des Sommers. Oktober war es geworden, das Laub an den Bäumen färbte sich und gab damit der ganzen Szenerie etwas Farbenfrohes, als wolle die Natur gegenwärtig noch einmal alles aus dem Farbkasten herausholen, was da nur irgendwo drin zu finden war, bevor dann die Blätter endgültig zu Boden schweben und kahle Äste für den Rest des Jahres zurücklassen würden.

Die Nixe Ariana lehnte mit dem Rücken am Stamm eines dieser Bäume und schaute auf den kleinen Teich hinaus.

Sie war jetzt im vierten Monat schwanger, streichelte versonnen ihren schon deutlich fühlbaren Babybauch und hob dabei ihren Blick zum Geäst über ihr.

In den mehr als sechshundert Jahren, die sie zuvor schon hier gelebt hatte, war das immer die Zeit gewesen, zu der sie in ihr Versteck abgetaucht war, um darin den Winter und den zugefrorenen Teich zu verschlafen.

Doch dieses Jahr wäre alles anders, denn sie wollte mit Richard, ihrem Geliebten und Vater ihres noch ungeborenen Kindes, die kalte Jahreszeit unter den Menschen verbringen.

Keiner wusste, dass sie eine Nixe war und sie war auch fest dazu entschlossen, es niemanden zu verraten, denn die Warnungen von Lunara, der Mondgöttin, über die Menschen und deren Verhalten waren noch viel zu deutlich in ihren Ohren.

Obwohl sie Richard und den anderen Freunden vertraute, wollte sie dennoch kein unnötiges Risiko eingehen!

Sie stieß sich von dem Baum ab und schlendernd langsam die zehn Schritte bis zu der Bank am Ufer, auf der sie vor Monaten mit Richard zusammengetroffen war.

Dort angekommen strich sie versonnen über die hölzerne Lehne. Wenn diese Bank reden könnte, dann hätte Ariana in der Erinnerung an all diese zärtlichen Momente auf ihr jetzt sicherlich rote Ohren vor Aufregung oder unstillbarem Verlangen bekommen.

Zu schön, berauschend und sinnlich waren die Sommernächte hier zwischen dem Ried für sie gewesen.

Eine Gruppe Graugänse erhob sich schnatternd vom Weiher, flog über ihr dahin und tauschte sich dabei lautstark über das Ziel ihrer Reise aus.

Irgendwo im Süden würden sie die kalte Jahreszeit verbringen, bevor sie dann im Frühjahr abermals hier landen würden.

Wie in jedem Jahr winkte sie den gefiederten Freunden hinterher und wünschte ihnen einen guten Flug.

Ariana drehte sich zum Weiher zurück, ihr Blick glitt über das fast kreisrunde Gewässer und neue Gedanken sowie Zweifel sausten ihr dabei durch den Kopf, denn wenn dieses Gewässer erst einmal zugefroren war, dann würde ihre Wohnhöhle auf dessen Grund für sie über Monate nicht mehr erreichbar sein.

Damit wäre ihr schützender Unterschlupf weit von ihr entfernt und was geschah dann, wenn es doch zu einem Konflikt kam?

War die ganze Sache dieses unberechenbare Wagnis wert?

Natürlich waren die letzten Monate in Richards Armen der Himmel auf Erden gewesen, aber was würde ihr der Winter bringen?

Selbstverständlich konnte sie auch in Richards Haus ihren Winterschlaf verbringen, allerdings würde es wohl etwas seltsam klingen, wenn sie zu ihm sagen würde: „Weck mich im März!"

So sehr Richard sie auch liebte, sie wusste nicht, wie er darauf reagieren würde, wenn er etwas über ihre wahre Identität erfuhr.

War seine Liebe stärker als seine Skepsis?

Noch immer dachte er, dass sie ein Findelkind sei, das von der Mutter verstoßen worden war und dreißig Jahre im Wald gelebt hatte.

Mit der Wahrheit würde er wohl nur schwer umgehen können.

Seine zehnjährige Tochter Naomi vielleicht eher, denn sie liebte die Filme von Arielle, wobei diese Trickfilme mit dem realen Leben einer Nixe nur sehr weniger zu tun hatten.

Irgendwo vor ihr suchten sich die Frösche, die sie den ganzen Sommer mit ihrem Konzert unterhalten hatten, jetzt ebenfalls ihre Winterquartiere auf. Auch diese kleinen grünen Gesellen würden von jetzt an ihren Winterschlaf halten.

Seufzend blickte sie über ihren Teich. Er war ihre Heimat, solange sie sich zurückerinnern konnte.

Sechshundert Jahre!

Sonnenstrahlen glitzerten auf dem Wasser. Die Sonne hatte bereits nicht mehr solch eine Kraft wie im Sommer, aber trotzdem musste sich Ariana noch immer jeden Tag mit Sonnenmilch einreiben, damit die Strahlen nicht ihre Haut verbrannten.

Es war später Nachmittag und die Tage waren jetzt deutlich kürzer.

Sie trat ans Ufer, kniete sich hin und steckte die Hand ins Wasser. Für sie war es noch angenehm temperiert und lud zum ausgiebigen Bad ein, daher erhob sie sich, trat zur Bank und streifte ihr Kleid ab, danach legte sie den Stoff über die Lehne und hängte die Unterwäsche dazu.

Einen Augenblick später sprang sie nackt in die Fluten des von ihr so geliebten Teiches.

Spielerisch tauchte sie bis zum Grund hinab und scheuchte dabei ein paar dicke Karpfen auf, einige Minuten lang jagte sie einen Hecht, bevor sie lachend wieder nach oben tauchte.

Abermals legte sich Wehmut um ihr Herz, denn all das würde sie schon bald nicht mehr haben, weil es Winter wurde!

Naomi hatte in den letzten Wochen von dieser Jahreszeit regelrecht geschwärmt und daher wollte sie das jetzt auch mal erleben.

Mit kräftigen Schwimmzügen schoss Ariana regelrecht durch den Teich. Mal auf dem Bauch, mal auf dem Rücken, tauchend und planschend, wobei das Wasser ihren Körper umspülte.

Hier drin war sie fast schwerelos, das Leben an Land war da schon etwas anstrengender, aber das Essen, das Richard ihr jeden Abend zubereitete, war eine Entschädigung für jede Anstrengung.

Der Geliebte hatte vor einem Monat seinen zweiten Stern bekommen und diesen stolz über die Tür seines Restaurants gemalt.

Ariana drehte sich auf den Rücken, glitt langsam weiter und blickte dabei nach oben. Sie sah wieder die dunklen Wolken über sich, die wohl die richtigen Sterne für eine Weile verdecken würden.

„Ariana!", rief jemand vom Ufer.

Sie drehte sich auf den Bauch zurück, hob den Kopf und sah sich um.

An der Bank stand eine Gestalt und winkte zu ihr herüber. Der Gestalt und den Bewegungen nach war es eine Frau und mit den dunklen Haaren konnte es nur Simone, Richards jüngere Schwester sein.

Ariana schob sich mit schnellen Schwimmzügen zum Ufer hinüber und stellte sich schließlich im hüfttiefen Wasser vor die Frau hin.

„Ich habe dich schon gesucht!", begrüße Simone sie.

„Komm doch rein, das Wasser ist herrlich!", entgegnete Ariana.

„Du spinnst wohl? Es sind sicherlich keine zehn Grad!", quiekte Simone auf.

„Ich habe gerade kein Thermometer dabei",
scherzte Ariana aus dem Wasser heraus.

„Ich weiß ja, dass du das noch aus deiner Zeit
in der Wildnis gewohnt bist, aber ich könnte das
nicht!", erklärte Simone und reichte ihr die Hand,
damit sie aus dem Wasser steigen konnte.

Sie ergriff die Hand und ließ sich aus dem
Teich ziehen.

„Was hast du mit deinen Haaren gemacht?",
fragte Ariana.

Die sonst so üppige Mähne der Frau war deutlich gekürzt und reichte ihr jetzt nicht mal mehr
bis zur Schulter.

„Ich war beim Frisör. Meiner Partnerin Ingrid
hat es nicht mehr gefallen und mir ehrlich gesagt
auch nicht!", erklärte Simone und hielt ihr ein
Handtuch hin.

Langsam und gemächlich trocknete sie sich
damit ab, während Simone vor ihr angezogen
deutlich zitterte.

„Warum hast du mich denn jetzt gesucht?",
erkundigte sie sich, als sie ihre Unterwäsche wieder anzog.

„Ach ja. Ingrid und ich, wir müssen mit euch
reden. Mit dir und Richard!", entgegnete Simone.

„Das klingt ja so ernst! Haben wir was ange-
stellt?", fragte Ariana vorsichtig nach.

„Nein! Nur eine Frage!", erwiderte Simone, hielt ihr das Kleid hin und strich dabei sanft über Arianas nur leicht zu erkennenden Babybauch.

Es war noch keine Woche her, dass sie die anderen Familienmitglieder bei einer Feier über ihre glücklichen Umstände informiert hatte.

Was wollte Simone? War es für sie noch zu früh, dass sie mit Richard ein Kind haben würde?

Aber so etwas ließ sich eben kaum planen, wobei das in ihrem Falle nicht so gewesen war.

2. Kapitel
Eine verrückte Idee

*L*angsam schritt Simone neben Ariana her, Ingrid wartete bereits bei Naomi, aber so richtig wohl war es ihr noch nicht bei dem, was sie an diesem Abend mit ihrem Bruder und dessen Freundin bereden wollten.

Nachdenklich strich sie sich durch die jetzt kürzeren Haare und dachte dabei an Arianas Bemerkung zurück.

Irgendwie hatten die langen Haare nicht mehr zu ihr gepasst. Dieser kurze Ponyschnitt entsprach ihrem Charakter jetzt viel mehr und sie hatte daher Ingrid sofort rückhaltlos zugestimmt, damit zum Friseur zu gehen.

Bei der nächsten Idee der Partnerin war das schon etwas anderes, denn die war schon einigermaßen verrückt.

Oder vielleicht auch nicht?

Sie spürte, wie Ariana sie von der Seite aus fragend anblickte, aber sie hatte Ingrid versprochen, erst etwas zu sagen, wenn alle an einem Tisch saßen.

Alle, bis auf Naomi, denn die Frage war etwas delikat und nicht für Kinderohren geeignet!

Es war schon schwierig gewesen, der Zehnjährigen zu vermitteln, dass zwei Frauen zusammenlebten.

Oder war das nur ihr Gefühl gewesen und Naomi hätte es auch ganz unbefangen akzeptiert?

Nach dem Tode von Richards Frau Eva hatte sie wie selbstverständlich die Mutterrolle für ihre Nichte übernommen und jetzt war da mit Ariana eine neue Mutter für Naomi ins Spiel gekommen.

Vielleicht hatte sie dadurch erst verstanden, dass es auch um sie ging und nicht nur um andere.

War diese Ansicht jetzt zu eigennützig?

Eigentlich nicht!

Fünf Jahre lang hatte sie sich um das Kind gekümmert, doch jetzt war mit Ingrid eine neue Person in ihrem Leben.

Und eben auch eine verrückte Idee!

Aber vielleicht war diese auch gar nicht so verrückt, sondern einfach nur natürlich.

Still lächelte sie bei dem Gedanken an Ingrid in sich hinein.

Es war fast zum selben Zeitpunkt als Richard sich in Ariana verliebt hatte geschehen, dass sie die Liebe zu Ingrid gefunden hatte.

Viel zu lange hatte sie vergeblich versucht, mit Männern etwas anzufangen, bevor sie begriffen hatte, dass es einfach nicht ging.

Ingrid war da ganz anders gewesen oder hatte zumindest viel schneller begriffen, was sie vom Leben wollte.

Die zierliche Blondine wirkte auf andere schwach und hilflos, aber sie wusste ganz genau, wonach sie sich sehnte, und wie sie es erringen konnte und das imponierte ihr ganz besonders an Ingrid.

Mit dem Einsetzten der Dämmerung erreichten sie Richards Häuschen und betraten über den Garten und die Terrassentür die Stube.

Ingrid spielte ein Kartenspiel mit Naomi und es war eindeutig zu erkennen, dass sie das Kind dabei absichtlich gewinnen ließ.

Im nächsten Jahr würde Ingrid dreißig werden und war damit acht Jahre jünger als Simone.

„Wollen wir schon mit dem Abendbrot anfangen? Oder warten wir noch auf Richard?", fragte Ariana.

„Ich will Pizza!", erklärte Naomi sofort.

Die Karten waren vergessen, augenblicklich begann die Küchenarbeit und sie kneteten zu viert den Teig.

Lachend und singend ging das von sich und Ariana hatte dabei die schönste Stimme von ihnen allen. Glockenhell trällerte sie eine Melodie aus einem dieser Zeichentrickfilme, die Naomi so gern im Fernsehen sah.

Simone blickte auf, Ingrid stand ihr an dem Tisch direkt gegenüber und immer wieder strich sie sich die langen blonden Haare aus dem Gesicht. Das sah so richtig süß aus, fast verlegen und kindlich und schrie nach einem Kuss.

Sie beugte sich nach vorn, küsste die Geliebte über den Tisch hinweg und wurde dabei von Naomi lachend mit Mehl beworfen.

Eine regelrechte Mehlschlacht entbrannte, bis sie die Küche gemeinsam wieder aufräumten. Wenig später war die Pizza im Ofen und Ariana stieg mit Naomi zu deren Zimmer hinauf.

Damit waren sie jetzt allein, sie setzten sich nebeneinander auf das Sofa und sie schaute die Freundin von der Seite aus an.

Offensichtlich erkannte diese die Frage in ihrem Blick, denn Ingrid sagte: „Wir tun das Richtige!", danach küsste Ingrid sie.

„Das eine ja, aber auch das andere?", entgegnete Simone ihr zweifelnd.

Ingrid nickte und lächelte ihren Einwand einfach davon, aber es lag ja sowieso nicht an ihr, sondern nur an Richard, die zweite Frage zu beantworten.

Und an Ariana, dass auch sie zustimmte.

Ein heikles Thema!

Ingrid legte ihr den Arm um die Schultern, was sicherlich ziemlich seltsam aussah, denn die Geliebte war fast einen Kopf kleiner als sie selbst.

Die Wartezeit dehnte sich unendlich lang dahin. Sowohl die auf die Pizza als auch die Zeit für das Eintreffen des Bruders.

Der Zeiger der Küchenuhr kroch heute besonders langsam über das Zifferblatt oder kam ihr das nur so vor, weil sie wartete?

Endlich war von draußen das Geräusch des vorfahrenden Wagens zu hören und fast im selben Augenblick klingelte auch der Herd.

Naomi kam die Treppe herab, sie flog fast und Ariana eilte ihr hinterher.

Richard war zwar groß und kräftig, aber der Ansturm von Freundin und Tochter riss ihn dennoch beinahe von den Füßen.

Erst nachdem er sich befreit hatte, bemerkte er sie und Ingrid, er kam zum Sofa und begrüße sie, während Ariana schon den Tisch deckte.

Die Pizza duftete verführerisch.

Stück für Stück verschwand das ganze riesige Backwerk in ihren Mägen.

Nachdem alle satt und Naomi auf ihr Zimmer gegangen war, saßen sie in der Stube um den Couchtisch herum.

Sie warf einen letzten fragenden Blick zu Ingrid, aber die Partnerin nickte ihr nur ermutigend zu und damit kam jetzt wohl unweigerlich ihr Teil des Abends.

„Ingrid und ich, wir haben beschlossen, im nächsten Jahr zu heiraten!", begann sie mit dem weniger heiklen Teil der Bekanntmachung.

„Das ist ja klasse!", entgegnete Richard, erhob sich, umarmte sie beide nacheinander und auch Ariana beglückwünschte sie.

„Ich mache mal eine Flasche Sekt auf!", äußerte Richard und ging zum Fach der Hausbar, um die Gläser zu holen.

Simone erkannte in Ingrids Blick, dass die Partnerin jetzt unbedingt auch den zweiten Teil der Erklärung an die beiden anderen loswerden wollte, und zwar noch bevor Richard die Flasche geöffnet hatte.

Mit jeder Sekunde, die sie zögerte, wurde Ingrids Blick gequälter.

„Mach schon!", formten ihre Lippen die lautlose Aufforderung.

„Ähm", begann Simone.

Richard kam mit den Gläsern zurück.

„Wir hätten da noch eine Frage, ein Anliegen, eine Bitte", setzte sie fort.

„Sollen wir eure Trauzeugen werden?", erkundigte sich Richard und stellte die Gläser auf dem Tisch ab.

„Nicht ganz", brach es augenblicklich aus Ingrid heraus.

„Was dann?", fragte Ariana.

Simone spürte in sich, dass sie sich wie ein Aal auf dem Trockenen wandte.

„Jetzt sag schon", forderte der Bruder sie auf, denn er kannte sie viel zu gut, um zu erkennen, dass ihr diese Frage brennend auf der Seele lag.

„Ingrid hätte gern ein Kind!", erzählte sie schließlich.

„Ja! Fein!", antwortete Richard.

„Von dir!", entgegnete sie noch, blickte auf die Tischplatte herab und versuchte durch die Wimpern die Gesichtsausdrücke von Ariana und Richard zu deuten.

„Ihr meint das beide ernst?", erkundigte sich Richard nach einer unendlich langen Pause des Schweigens.

Sie konnte dem Bruder nicht mehr direkt in die Augen sehen und daher setzte sie, zu Boden blickend, hinzu: „Ich habe schon deinen Freund Felix gefragt."

„Nur leider ist der ja dazu nicht mehr in der Lage!", erklärte Richard.

Simone nickte und senkte den Blick noch mehr.

Das war alles so peinlich! Konnte sich jetzt nicht der Boden auftun und sie verschlucken?

Zumindest für eine Weile?

3. Kapitel

Im Zweifel für die Liebe?

Sprachlos blickte Richard zwischen seiner Schwester und seiner baldigen Schwägerin hin und her. Hatte er sich eventuell verhört? Die auffällige Gesichtsfarbe der beiden Frauen sprach allerdings dafür, dass er es wohl richtig verstanden hatte.

„Ihr beide habt doch aber einen Knall. Oder?", fragte er.

„Siehst du! Ich habe es dir gesagt!", maulte Simone herum.

„Aber", begann Ingrid.

Er unterbrach sie mit einer Handbewegung und blickte zu Ariana hinüber, die sich auf dem Sofa zurücklehnte und ihren Bauch streichelte.

„Das ist alles meine Schuld? Oder? Wenn ich nichts gesagt hätte, dann wärt ihr nicht auf diese Idee gekommen", begann Ariana.

„Nein! Oder auch nicht nur. Wir wollten das eigentlich schon zuvor!", entgegnete Ingrid leise.

Seufzend ließ er sich neben Ariana auf das Sofa fallen.

„Überlege es dir doch bitte noch einmal", bat Ingrid ihn jetzt.

Er fixierte die kleine, aber wohlgeformte Blondine mit seinem Blick, doch sie hielt seinem Augenkontakt nicht stand.

Dass die beiden bereits mit Felix gesprochen hatten, zeugte zumindest von der Ernsthaftigkeit ihrer Überlegungen, aber Felix konnte eben nicht mehr, denn nach der Durchtrennung seiner Samenleiter war er nicht mehr fähig, Kinder zu zeugen.

Und offenbar kannten die beiden Frauen nicht so viele Männer, denen sie solch eine verrückte Idee zutrauten.

„Und wie? In einer Klinik? So mit Samenspende und allem Drum und Dran?", fragte er weiter.

Noch hoffte er, dass Simone jetzt den Prospekt eines Krankenhauses aus der Tasche zog und ihn mit wissenschaftlichen Fakten überzeugen würde, doch so, wie sich Ingrid und seine Schwester gerade ansahen, hatte er wohl den wunden Punkt ihres Planes getroffen.

„Ihr hab echt einen Knall!", brach es aus ihm heraus, er erhob sich vom Sofa und trat an das dunkle Fenster.

Kopfschüttelnd schaute er in die Nacht hinaus und die beiden Frauen schwiegen immer noch.

„Was meinst du?", erkundigte sich Ariana schließlich nach einer Weile.

Über die Schulter blickte er zu seiner Freundin zurück. Noch immer streichelte Ariana vermutlich unbewusst das kaum zu sehende Bäuchlein.

War sie so begriffsstutzig? Oder hatte sie einfach nicht verstanden, was Simone ohne Worte gesagt hatte?

Er drehte sich zu ihr um und sah noch einmal zu Ingrid und Simone, doch beide blickten momentan auf die Tischplatte herab und Ingrids Gesicht war ziemlich dunkel geworden.

Eigentlich war sie recht hübsch und vor ein paar Monaten hätte er vielleicht das gemacht, was er indessen vehement ablehnte, damals, bevor er Ariana getroffen hatte, aber da wäre er sicherlich noch nicht dafür bereit gewesen.

Erst Ariana hatte ihn aus der Trauer um seine Frau gerissen.

Und was war jetzt?

Sicherlich hatte Simone deshalb auch Ariana mit an den Tisch gebeten, denn es betraf ja auch seine Lebensgefährtin.

Er ging zum Sofa, ließ sich mit einem Seufzer neben Ariana auf das Möbelstück fallen und schaute sie an.

„Die beiden haben sich überlegt, dass ich einfach mit Ingrid ins Bett gehe und dort Sex mit ihr habe. Dann haben die beiden ein Kind!", erklärte er Ariana.

„Oder sehe ich das falsch?", befragte er anschließend seine Schwester.

Simone hob den Kopf, wich aber mit ihrem Blick seinen Augen aus und schüttelte den Kopf.

„Ähm", ließ sich jetzt Ariana vernehmen, erhob sich und trat an das Fenster, an dem er soeben noch gestanden hatte.

Vermutlich sausten jetzt dieselben Gedanken durch ihren Kopf, die ihn vor wenigen Augenblicken noch beschäftigt hatten.

Sein Freund Felix mit seiner Vorstellung von einer offenen Beziehung, freier Liebe und wildem Sex hätte wohl kein Problem damit gehabt, aber er war eben anders.

Er wollte nicht riskieren, für solch eine Schnapsidee die Liebe seines Lebens zu verlieren!

„Und was wäre so schlimm daran?", erkundigte sich jetzt Ariana, über ihre Schulter zu ihm blickend.

Für einen Moment fehlten ihm die Worte, Simone und Ingrid blickten sofort auf.

Ariana setzte sich zurück und Simone begann: „Ingrid hätte am nächsten Donnerstag ihren Eisprung, die Pille nimmt sie ja sowieso nicht und wenn Richard dann etwas Zeit hätte, dann könnte das gehen!"

„So in etwa habe ich mir das vorgestellt!", setzte jetzt Ingrid hinzu.

Offensichtlich waren sich die drei Frauen mit einem Male einig und er war aus der Runde heraus. Sie redeten, als wäre er gar nicht da und hätte dazu auch nichts zu sagen.

Er spürte, wie er innerlich wütend wurde und daher musste er erst mal von hier fort, um in Ruhe zu überlegen.

Schließlich sprang er vom Sofa auf, griff sich seine Jacke sowie die Autoschlüssel und im Rücken spürte er dabei, wie die drei Frauen ihn anstarrten.

Wortlos verließ er das Haus und ging zu seinem Auto.

Mit dem Schlüssel in der Hand fragte er sich selbst, wohin er fahren sollte.

Zu Felix? Vielleicht! Reden unter Männern und der Freund wusste auch schon darüber Bescheid.

Keine halbe Stunde später saß er bei Felix auf dem Sofa. Es war mitten in der Nacht und der Freund saß ihm im Schlafanzug gegenüber.

Mit zwei Flaschen Bier stießen sie erst mal an und nach ein paar Schlucken von dem Getränk erkundigte sich Felix: „Sie haben dich also gefragt?"

Richard nickte.

„Und? Du hast abgelehnt, sonst wärst du nicht hier!", entgegnete Felix.

Auch das konnte er nur nickend bestätigen.

Die nächsten zehn Minuten blickten sie sich nur schweigend an.

„Und was wäre so schlimm daran?", fragte auf einmal Gisel von hinten.

Richard drehte sich zu ihr um, Felix' Freundin stand im kurzen Nachthemd und mit völlig verwirbelten Haaren mit dem Rücken gegen den Rahmen der halboffenen Schlafstubentür gelehnt.

Anscheinend hatte keine der Frauen, die er kannte, ein Problem damit.

Warum also er?

„Willst du auch ein Bier?", fragte Felix seine Freundin.

Gisel nickte, gähnte und setzte sich zu Felix. Offensichtlich hatten die beiden Freunde bereits geschlafen, als sein Klingeln Felix geweckt hatte.

Felix ging in die Küche und Gisel bemerkte: „Du hattest auch was mit mir, als du Ariana damals kennengelernt hast. Erinnerst du dich?"

Felix kam vom Kühlschrank zurück und drückte seiner Freundin die Flasche in die Hand.

„Ja! Damals, aber ich liebe Ariana!", entgegnete Richard und stieß mit ihr an.

„Es geht hier nicht um Liebe!", erklärte Gisel ihm.

„Irgendwie schon. Oder?", antwortete er.

Das war wohl augenblicklich das Stichwort für Felix, denn der Freund sagte: „Du musst die körperliche von der seelischen Liebe trennen. So wie wir! Wir führen eine offene Beziehung. Jeder darf auch außerhalb der Beziehung Sex haben, aber ich liebe Gisel über alles!"

„Und mir geht das genauso!", setzte Gisel hinzu.

Da blieb ihm jetzt wohl nur noch die Frage, wie Ariana dazu stand.

Und wollte er das wirklich?

4. Kapitel
Männchen und Weibchen

In den wenigen Wochen, die sie jetzt bei den Menschen lebte, war Ariana eine andere geworden. Sechs Jahrhunderte lang war sie ein Wesen der Nacht gewesen, denn erst mit dem Sonnenuntergang hatte sie ihre Höhle auf dem Grund des Teiches verlassen und mit der Morgendämmerung war sie dann wieder schlafen gegangen.

Die starken Sonnenstrahlen hatte sie dazu gezwungen, doch gegenwärtig war sie am Tage wach und schlief in der Nacht.

Zumindest meist, denn soeben lag sie in ihrem Bett, es war dunkel und sie horchte auf die Geräusche in der Finsternis.

Richard war noch immer irgendwo unterwegs und sie strich mit der Hand über seine Seite des Bettes. Nach der kurzen Zeit war es bereits für sie ungewohnt, dass er nicht dort war.

Grübelnd holte sie sich die Situation am Abend zurück, wie Richard wütend das Haus verlassen hatte und kurz darauf auch Simone und ihre Freundin aufgebrochen waren.

Irgendwie konnte sie Ingrid und deren Wunsch nur zu gut verstehen und ihre Hand glitt auf ihren Bauch. Vielleicht waren das die aufsteigenden mütterlichen Gefühle, die sie bereits in sich hatte, die dieses Verständnis bewirkten.

Doch warum hatte Richard so putzig reagiert?

Er hatte die Flucht ergriffen, statt darüber zu reden.

Ariana seufzte. Menschen waren mitunter schon seltsam.

Auch nach Monaten unter ihnen versuchte sie noch immer diese Wesen zu verstehen, doch mitunter gelang ihr das nicht, aber sie war eben eine Nixe!

Durch die Gardinen fiel ein silberner Schein in das Zimmer, sie hob ihren Blick zum Fenster und vor ihren Augen schob sich die leuchtende Mondscheibe daran vorbei.

Möglicherweise wusste die Mondgöttin eine Antwort auf ihre Fragen.

Ariana erhob sich aus ihrem Bett, warf sich das Nachthemd über und ging auf die Terrasse hinaus.

Im kühlen Nachtwind blickte sie zum Mond hinauf und rief: „Lunara! Bitte komm zu mir!"

Es dauerte ungewöhnlich lange, bevor sich die Gestalt der Mondgöttin endlich aus der schon wohlbekannten Nebelbank löste und vor sie trat.

Wie immer trug Lunara ein silbern glitzerndes Kleid und ihre langen hellen Haare fielen ihr bis fast zur Bauchmitte und weit in den Rücken herab.

Mit einer herzlichen Umarmung begrüßte Ariana die Freundin und wenig später saßen sie im Garten auf den Stühlen nebeneinander.

„Was möchtest du diesmal wissen?", fragte die Göttin und warf ihre Haare mit einer Handbewegung über die Schulter nach hinten.

Ariana begann damit, die Situation am Abend zu beschreiben und beschloss dann ihre Erzählung mit den Worten: „Warum hat Richard so komisch reagiert?"

„Menschen!", stöhnte die Mondgöttin und fasste sich an den Kopf.

„Ich habe dir doch von deiner Mutter und deinem Vater erzählt!", entgegnete Lunara nach einer Weile.

„Undinara und Samasaru? Ja. Mein Vater hat meine Mutter damals getötet, als ich noch klein war", antwortete Ariana.

„Ja! Aber das habe ich gerade nicht gemeint", erklärte Lunara und hob ihren Blick zum Himmel hinauf.

Offensichtlich suchte sie momentan nach Worten für die Antwort.

Gespannt wartete Ariana auf die sicher gleich folgende Geschichte der Mondgöttin.

„Also eigentlich lebten die Nixen ja in kleinen Gruppen in den Seen und Teichen. Einige sogar im Meer. Es gab einst viele von euch, aber immer nur wenige Wassermänner und die haben sich auch noch gegenseitig bekämpft, bis irgendwann dann nur noch Samasaru übrig war!"

„Den du in deiner Wut dann getötet hast?", unterbrach Ariana die Mondgöttin.

Lunara seufzte. „Ja", setzte die Göttin danach fort.

„Bei den vielen Nixen und nur einem Wassermann war es ganz natürlich, dass ein Mann eben alle Weibchen begattete!", erklärte die Göttin.

„So etwas in der Art habe ich gestern mit Naomi im Fernsehen gesehen. Da ging es um Walrosse!", entgegnete Ariana.

Lunara nickte abermals.

„So in etwa kannst du dir das vorstellen", antwortete die Mondgöttin.

„Und nun zu den Menschen!", setzte Lunara fort und holte tief Luft. „Da gibt es ein Männchen und ein Weibchen, die immer zusammen sein wollen! Meistens jedenfalls. Das nennt man dann Liebe und das sollte im Normalfall auch so sein. Bricht einer da aus, dann ist der andere fast immer verletzt!"

„Aha!", sagte Ariana und blickte die Göttin an.

Sie wartete auf eine weitere Erklärung, aber da kam nichts mehr, Lunara sah ihr nur stumm in die Augen.

„Du bist wohl bereits mehr ein Mensch als eine Nixe!", seufzte sie nach einer Weile, löste sich einfach auf und ließ sie ratlos zurück.

Der Mond verschwand hinter einer großen Wolke und Ariana blieb grübelnd in der Finsternis am Gartentisch sitzen.

Was hatte die Göttin mit ihrer Bemerkung gemeint? Hatte die kurze Zeit, die sie inzwischen bei den Menschen lebte, dafür gesorgt, dass sie sich selbst vergessen hatte?

Ihre Herkunft? Ihre Identität?

Oder war das Problem ein ganz anderes?

Sie war das Weibchen! Und als Nixe war es ganz normal, dass sie den Mann liebte. Die Natur hatte sie so programmiert. Eine Nixe, ein Wassermann. Eine Frau, ein Mann.

Aus der anderen Richtung mochte das ganz anders aussehen. Wie bei den Walrossen! Ein Männchen, viele Weibchen. Oder eben: ein Mann, eine Frau.

Das war es doch wohl, was sie nicht verstanden hatte. Es war der andere Blickwinkel von Richard, der sie verwirrt hatte.

Seufzend lehnte sie sich zurück. Im Gegensatz zu Samasaru hatte Richard ein Gewissen. Er wollte sich eben nicht mit möglichst vielen Weibchen paaren, sondern nur mit ihr.

Das konnte sie schon verstehen, aber sie verstand auch Ingrid und Simone, denn zwei Weibchen ohne Mann würden niemals ein Kind bekommen können.

Die Göttin hatte gemeint, dass sie den Blickwinkel ändern sollte!

„Danke Lunara!", rief sie nach oben und ein Lichtkegel hüllte sie ein.

Es war aber nicht das Mondlicht, sondern der Scheinwerfer von Richards Wagen, der gerade in die Einfahrt bog.

Ariana erhob sich von ihrem Stuhl und ging dem Geliebten entgegen.

An der Terrassentür wartete sie auf ihn und zog ihn schließlich in das Haus.

„Ich habe viel nachgedacht", sagten sie beide gleichzeitig und mussten darüber lachen.

Wenig später lagen sie nebeneinander im Bett, sie hatte sich an ihn angekuschelt und wartete jetzt darauf, was er zu sagen hatte.

Es wäre töricht, wenn sie jetzt von Nixen und Wassermännern, oder von Walrossen in der Paarungszeit beginnen würde.

Richard hatte eine Hand unter dem Kopf und starrte schweigend zur Zimmerdecke hinauf. Offenbar suchte er nach den passenden Worten und sie wollte ihn dabei nicht unterbrechen.

Warum machten Menschen daraus so ein großes Problem?

Oder war das die Liebe, die das Problem verursachte?

Hatte Samasaru eigentlich ihre Mutter geliebt? Vermutlich nicht, denn er hatte sie getötet!

Liebe brachte kein Leid, Liebe brachte Glück!

Das hatte sie in der Zeit bereits gelernt, denn sie hatte sich in Richard verliebt und war damit mehr zu einem Menschen geworden.

Das hatte Lunara sicherlich gemeint.

5. Kapitel
Gedanken in der Nacht

och war es mitten in der Nacht, aber der neue Morgen war nicht mehr fern. Seit Stunden grübelte Richard jetzt bereits, doch eigentlich war die Sache völlig klar. Die Frage war nur noch: sollte er es wirklich tun?

Gisels Einwand war schlüssig gewesen. Konsequent und auf den Punkt, wie die junge Frau nun mal eben einfach war. Als Französin stand sie mehr als aufgeschlossen zur Liebe und er hatte es damals ebenfalls mehr als genossen, mit ihr zusammen zu sein.

Allerdings war das vor Ariana gewesen!

Zumindest bevor er sich unsterblich in sie verliebt hatte, doch auch damals war es bereits einfach nur um Sex gegangen und nicht um Liebe.

War es dieses Mal aber anders?

Eigentlich nicht, denn auch Ingrid wollte nur Sex und seinen Samen.

Andere wären vielleicht sofort darauf angesprungen, denn die junge Blondine war sicherlich der Traum vieler Männer.

Er spürte, dass auch Ariana noch nicht schlief.

Sie hatte ebenfalls nachgedacht, zumindest hatte sie das gesagt, doch gerade waren sie beide stumm.

Zweifellos wollte sie seine Gedankengänge nicht unterbrechen, denn es ging ja dabei um ihn.

Zumindest irgendwie!

Allerdings würde er bei all der verrückten Grübelei sowieso keinen hochbekommen!

Da könnte man ihm Ingrid nackt auf den Bauch binden und es würde vermutlich trotzdem nichts passieren!

„Ähm", stöhnte er auf.

„Ja?", entgegnete ihm Ariana sofort.

„Soll ich? Oder soll ich nicht?", erwiderte er.

„Ich denke, es war eine Art von Wertschätzung, dass die beiden dich gefragt haben", antwortete Ariana.

„Wertschätzung?", fragte er zurück.

„Ja! Sie hätten jeden beliebigen Mann fragen können, aber sie sind zu dir gekommen. Simone möchte, dass ihr Kind von dir ist. Viele Jahre hat sie sich um Naomi gekümmert und damit ist es jetzt wohl an dir, ihr etwas dafür zurückzugeben", setzte Ariana fort.

„Es wäre also für dich in Ordnung, wenn ich hier mit Ingrid liegen würde?", forschte er zurück.

„Wenn ich nicht hier sein muss, um euch dabei die Lampe zu halten", sagte sie und er hörte das Schmunzeln aus ihren Worten heraus.

„Ich liebe dich so unsagbar, aber hier geht es nicht um die Liebe!", erklärte Ariana schließlich noch.

Das waren fast dieselben Worte, die auch Gisel gesagt hatte.

Sahen das eigentlich alle Frauen so pragmatisch? Konnten die einfach Sex und Liebe trennen?

„Ingrid ist meine Freundin und ich würde ihr wünschen, dass sie ein Kind bekommt", flüsterte Ariana.

„Deine Freundin? Ich würde dann mit der Freundin meiner Partnerin schlafen. In den Filmen, die du so gern am Abend siehst, beginnt damit meist das Ende der Beziehung!", erklärte er.

„Das Ende der Beziehung ist da nicht das miteinander schlafen, sondern die Heimlichkeit!", entgegnete Ariana.

Das war genau der Punkt!

„Womit habe ich nur so eine schlaue Frau verdient?", fragte er zurück.

Ohne eine Entgegnung von ihr suchten ihre Lippen seinen Mund, Arianas Finger strichen über seinen Bauch und glitten unter den Bund seiner Schlafanzughose.

Streichelnd tastete ihre Hand darin herum, bis sie fündig geworden war, zupackte und er dabei lustvoll aufstöhnte.

Sex mit Liebe gekoppelt konnte der Wahnsinn sein, aber würde er einfach so Sex mit Ingrid haben können?

Mit Gisel hatte es auch geklappt, aber eben vor Ariana.

Sollte er einfach probieren, sich vorzustellen, dass es Ingrid war, die gerade in seiner Hose herumsuchte?

Jetzt und hier im Dunklen?

Vielleicht so, wie es in der nächsten Woche hier oder bei ihr in der Wohnung sein würde?

Arianas Hand umschloss seinen Schaft und rieb gierig daran.

Mit der Ausnahme, dass Ingrid etwas kleiner war, glichen sich Ariana und sie in der Körperform.

Richards Finger tasteten sich zu ihrer Brust und liebkosten sie zärtlich, es war Arianas Brust, aber er stellte sich dabei vor, dass es die von Ingrid war.

War es eigentlich schon Untreue, wenn man sich jemanden anders dabei vorstellte?

Möglicherweise, aber es war ja im Moment auch nur eine Art von Versuch, denn wenn es in seiner Vorstellung funktionierte, dann würde es ihm sicherlich auch in der Realität gelingen.

Zumindest spielte sein Glied gerade mit, denn es richtete sich auf und wurde steif.

Ariana zog ihm die Hose aus und streifte sich flugs das Nachthemd über den Kopf.

Abermals suchten ihre Lippen die seinen, doch das wäre dann etwas, was er mit Ingrid vermeiden würde.

Kein Kuss, keine Liebe, nur Sex!

In der Dunkelheit der Nacht rollte er sich über Ariana, schob ihre Knie auseinander und suchte die sicherlich bereits feuchte Spalte ihrer Scham.

Verlangend kam sie ihm entgegen, zog die Knie an und hob das Becken etwas an.

Sie waren ein eingespieltes Team!

Richard rollte sich ein wenig zur Seite, nahm sein Glied in die Hand und rieb mit der Eichel einmal von oben nach unten durch ihre Vulva. Er wusste, dass das Ariana wahnsinnig machte und wie erwartet, zuckte sie stöhnend zusammen.

„Mach schon! Hart, tief und wild!", forderte sie ihn auf.

Allerdings wollte er sie zuvor noch ein wenig warten und zappeln lassen, denn das machte es immer schöner für sie beide.

Das Vorspiel war immer schon der halbe Weg zum Erfolg!

Doch hatte er nicht vor ein paar Augenblicken noch vorgehabt, sich vorzustellen, dass es Ingrid war?

Da kam ihm ihre Ansage jetzt ganz entgegen!

Er ließ das Spiel sein und stieß sofort zu.

Offenbar hatte Ariana etwas anderes erwartet, denn sie zuckte beim ersten tiefen Stoß überrascht zusammen.

Oder eben Ingrid!

Und jetzt stellte er sich einfach die blonde Frau vor, während er mit schnellen Stößen in ihren Schoß hin und her glitt.

„Das ist so geil!", stöhnte Ariana laut und versaute ihm damit die Illusion.

Er spürte, wie sich seine Hoden anhoben und alles sich in ihm zusammenkrampfte.

Nur noch ein paar Stöße!

Dann spritzte er ab und füllte Ingrids Scheide mit seinem Samen.

Ariana unter ihm bäumte sich auf und kam jammernd zum Höhepunkt.

Schnaufend lagen sie kurz darauf übereinander.

Es war sehr schön gewesen, aber diese Vorstellung war dennoch befremdlich, denn er hatte

Ariana geliebt und es war dennoch Ingrid gewesen.

Verwirrt fiel er in seinem Bett neben seine Freundin.

Geistesabwesend streichelte er Ariana weiter, bis sie neben ihm eingeschlafen war.

Es war falsch gewesen, aber es hatte sich fabelhaft angefühlt. Und was war jetzt? Jetzt hatte er Ingrids Gesicht vor seinen Augen.

Die Illusion blieb und er bastelte sich im Geist Ingrids Kopf auf den Leib von Ariana.

Das war noch viel verrückter als das, was er zuvor getan hatte. Und er wusste nicht, wie er das wieder abstellen konnte.

In seiner Vorstellung lag jetzt Ingrid nackt neben ihm, sein gerade noch schlaff gewesenes Glied ragte abermals steil an ihm auf und Richard zweifelte an sich.

Es fühlte sich an, als hätte er einen Dämon gerufen, den er jetzt nicht wieder loswurde.

6. Kapitel
Weder Mensch noch Nixe!

Irgendwas war anders an diesem Morgen und Ariana blickte Richard nach. Vor wenigen Minuten waren sie zusammmen aufgestanden und Richard hatte ihr soeben erzählt, dass er Ingrid helfen würde.

So weit, so gut, denn das war es ja eigentlich auch gewesen, was sie mit ihren Überlegungen und Gesprächen erreichen wollte, doch er sah ihr nicht mehr ins Gesicht, er wich ihrem Blick aus und ging gerade allein ins Bad.

Diese Nacht war abermals nur göttlich gewesen und Richard hatte sie neuerdings mit seinen zärtlichen Zuwendungen bedacht, nach denen sie sich immer so sehr sehnte, doch momentan ließ er sie einfach hier vor dem Bett stehen.

Ihr gemeinsames Morgenritual mit der Dusche und dem Kuscheln im Bett zuvor fiel an diesem Tage also aus.

Grübelte er noch darüber nach, was er mit seiner Zusage übernehmen würde? Vielleicht!

Sie warf sich das Nachthemd über und stieg nach oben zu Naomi, um das Kind für die Schule zu wecken.

Bei jedem Schritt auf der Treppe, jeder Stufe, sausten jetzt neue Fragen durch ihren Kopf.

Würde sich etwas ändern? Ingrids Kind wäre dann Naomis Schwester, Simone wäre gleichzeitig Mutter und Tante des Kindes, zumindest irgendwie. Nicht wirklich die Mutter, denn Richard hatte ihr mal erzählt, dass bei den Menschen Brüder und Schwestern keine Kinder zeugen durften.

Und dann hatte Simone auch noch gesagt, dass sie Ingrid heiraten wollte.

Hochzeiten hatte sie schon im Fernsehen gesehen, aber zwischen zwei Frauen?

Doch warum eigentlich nicht, wenn man sich liebte?

Allerdings war das Ganze nur dummes Menschenzeugs!

Abermals dachte sie an Lunaras Worte zurück. Hochzeiten, Zusammenleben, Liebe, Pärchenzeit und so etwas, das gab es alles unter Nixen und Wassermännern nicht, Sex schon!

„Du bist mehr ein Mensch als eine Nixe!", hatte die Göttin in der Nacht gesagt.

War das wirklich so?

Natürlich hatte sie all die Jahrhunderte allein gelebt und nicht wie die anderen Nixen in kleinen Gruppen zusammen und das hatte sie irgendwie einsam gemacht, aber sie hatte es eben auch nicht anders gekannt.

Leise betrat sie Naomis Zimmer, blickte dem schlafenden Kind ins Gesicht und stellte sich ihre eigene Tochter vor, wie die wohl aussehen würde.

War das kleine Wesen in ihr mehr Nixe oder mehr Mensch? Was würde Lunara dann zu ihr sagen?

„Naomi! Aufstehen!", sagte sie und fasste dem Kind an die Schulter.

„Noch fünf Minuten!", kam sofort der obligatorische Spruch und dabei war Naomi noch nicht einmal richtig wach.

Entschlossen zog Ariana die Decke fort und legte diese zur Seite. Der frische Morgenwind, der durch das offene Fenster den Raum flutete, würde jetzt dafür sorgen, dass Naomi in wenigen Minuten fit für die Schule war.

Schule, das war noch so ein seltsames Menschending. Und was wäre in ein paar Jahren mit ihrem Kind? Und mit ihr?

Noch mehr Fragen waren damit auf dem Weg die Treppe hinab zur Küche in ihrem Kopf.

Während sie noch im Nachthemd die Kaffeemaschine bediente und für Naomi die Brote schmierte, zogen sich ihre beiden menschlichen Mitbewohner gerade in ihren Zimmern an.

Der frisch gebrühte Kaffee tröpfelte in die Tassen. Das war eines der positiven Dinge am

Menschsein. Das, und Richards Liebe! Ohne den Mann wäre sie jetzt schon in ihre Winterhöhle am Teichgrund geflüchtet.

Und hätte die Kaffeemaschine dorthin mitgenommen!

Fast zärtlich tätschelte sie das kalte Metall des Automaten.

Richard betrat den Raum, griff sich seine Tasse und blickte zum Fenster hinaus, während er seinen Kaffee trank.

Schon wieder wich er ihr aus und ignorierte den von ihr hingehaltenen Mund.

Er verweigerte ihr den Kuss!

Oder war es nur Unaufmerksamkeit, weil er zu viel nachdachte?

Dabei war doch eigentlich alles geklärt.

Eigentlich! Menschen!

Wobei Ariana gerade sehr froh war, dass Richard eben kein Wassermann, sondern ein Menschenmann war.

Wassermänner, und damit ihren Vater Samasaru, kannte sie nur aus Lunaras Beschreibung, aber allein die Vorstellung eines mehr als drei Meter großen Wesens, das sich mit ihr paaren wollte, ließ ihr soeben die Nackenhaare sträuben.

Bei Nixen und Wassermännern gab es eben nicht diese Einschränkungen. Da durften sich

Väter mit Töchtern, Brüder mit Schwestern und Söhne mit Müttern fortpflanzen.

Naomi rannte in den Raum, rief: „Mein Bus!", und griff sich die Brotdose.

Einen Augenblick später war sie durch die Tür nach draußen gerannt und verschwunden.

Damit waren sie gegenwärtig beide allein in dem Raum. War jetzt Zeit für einen Kuss und eine Umarmung?

Sie trat an Richard heran und sah über die spiegelnde Fensterfläche in sein Gesicht. Es gefiel ihr, dass er eben kein Wassermann war und ein Gewissen hatte, aber es behagte ihr nicht, dass er nicht darüber mit ihr sprach. Und seinem Gesichtsausdruck nach zu urteilen wollte er das auch nicht.

Das gab ihr so ein seltsames Gefühl in der Brust. War das menschlich? Oder was war es?

Lunara konnte sie jetzt erst mal bis zum Abend nicht mehr befragen und wen hatte sie sonst? Die Nachbarin? Für einen Schwatz über den Zaun? Aber für Liebesdinge war die alte Frau sicherlich nicht die richtige Ansprechpartnerin.

Ingrid und Simone schon, aber die waren in das Problem involviert!

Seufzend wandte sie sich ihrem Kaffee zu, der sie mit der Situation etwas versöhnte.

Richard holte sein Telefon und sagte seiner Schwester für die Gefälligkeit zu. Und jetzt?

Er kam auf sie zu, stellte die Tasse ab und sagte nur: „Bis heute Abend!"

Kein Kuss, keine Umarmung und kein richtiger Abschied!

Leidend blickte sie ihm nach.

Eigentlich hätte er noch mehr als zwei Stunden Zeit gehabt, bevor er in seinem Restaurant sein musste.

Seufzend stellte sie ihre Tasse ab, ging ins Bad und trat unter die Dusche. Es war seltsam, so allein hier zu stehen! Es schmerzte, dass er nicht da war und das war etwas, was es bei Nixen nicht gab.

Diese Liebe, dieses Sehnen.

Oder? Hatte Lunara ihr nicht erzählt, dass früher manchmal auch Gruppen von Nixen die Nähe der Menschen gesucht hatten?

Allerdings dann wohl eher mehr aus Gründen der Langeweile und um Gesellschaft zu finden.

In ihrem Falle war es die Liebe zu Richard, oder gerade eben auch seine Zurückweisung, die schmerzhaft durch ihren Kopf sauste.

Es hatte Vorteile und Nachteile, wenn man bei den Menschen lebte.

Im Winterschlaf in ihrer Höhle hätte sie höchstens von Richard geträumt. Da wäre so ein seltsames Gefühl wohl kaum zu spüren gewesen und wenn doch, dann wäre es eben nur ein schlechter Traum.

„Menschen!", schnaubte sie laut unter der Dusche.

Gehörte sie eigentlich dort dazu?

Sie war im Moment weder Mensch noch Nixe. Irgendwas dazwischen! Bloß was?

Entschlossen drehte sie das Wasser ab, trat aus der Duschkabine und trocknete sich ab.

7. Kapitel
Tausend Euro!

Simone schaute fragend ihr Telefon an. Soeben war sie im Büro angekommen und Richards Anruf hatte sie völlig überrascht. Mit allem hätte sie nach seinem Verhalten am vergangenen Abend gerechnet, aber nicht damit, dass er den Termin zusagte.

Ingrid setzte sich momentan an ihren Schreibtisch und blickte zu ihr herüber, die anderen Frauen packten noch ihre Taschen aus.

„Was ist?", fragte Ingrid leise.

„Richard hat gerade den Termin bestätigt! Allerdings für einen Tag vor deinem Eisprung. Nächsten Mittwoch und er hat das genau in dieser Art gesagt!", erklärte Simone.

„Jetzt muss ich aber sagen: Dein Bruder hat einen Knall! Soll ich das in meinen Kalender eintragen? Hier im Computer, damit ich es nicht vergesse? Mit einer automatischen Erinnerung zehn Minuten vor dem Termin?", erwiderte Ingrid und schüttelte den Kopf.

„Zumindest hat er zugesagt. Das war sicherlich Arianas Einfluss auf ihn!", entgegnete Simone und schob das Handy in die Handtasche zurück.

„Mach dir keinen Kopf!", setzte Simone noch hinzu, denn Ingrids Wangen bekamen gerade diese wunderschöne Rotfärbung.

„Oh Mann, ich hätte niemals fragen sollen!", stöhnte die Freundin auf.

Der Zeiger der Bürouhr an der Wand ihr gegenüber sprang auf acht Uhr und die Arbeit begann.

Eigentlich hätte sie sich jetzt auf ihre Tätigkeit hier konzentrieren müssen, aber ihre Gedanken wanderten immer wieder davon.

Hatten sie sich das auch richtig überlegt?

Zweifel jagten durch ihren Kopf. Ihre Freundin würde mit ihrem Bruder schlafen und das fühlte sich irgendwie komisch an.

Sie mochte Richard, aber daran, dass er mit Ingrid im Bett landen würde, wollte sie eigentlich gerade nicht denken und dennoch war der Gedanke unaufhörlich in ihrem Kopf.

Das war so in etwa dasselbe, als würde man die Eltern beim Sex erwischen!

Ihr Blick flog zum Fenster hinaus in die weite Ferne und dabei konnte sie es nicht verhindern, dass ihre Erinnerung in die Vergangenheit reiste. Damals, da war sie so acht Jahre alt gewesen, hatten sie an der Ostsee Urlaub gemacht und dabei dann eines Tages die Eltern in den Dünen überrascht, wie die gerade Sex gehabt hatten.

Mit Richard hatte sie kichernd im Strandhafer gelegen und noch nicht gewusst, was die beiden da gerade nackt taten.

Rückwirkend sträubte sich ihr dabei gerade das Fell und sie wollte diese Bilder schleunigst wieder aus dem Kopf bekommen, aber das ging nicht.

Jemand stieß ihr in die Rippen und Simone zuckte herum.

Ingrid zeigte zur Tür, dort stand der Chef und hatte offensichtlich soeben nach ihr gerufen.

„Ja?", sagte Simone und erhob sich.

„In mein Büro!", äußerte der Mann ziemlich schroff und ging.

Ingrid sah besorgt aus.

Hatte er ihre Abwesenheit bemerkt? Oder hatte er nur ein Problem mit der Rechnung, die sie ihm am Abend zuvor auf den Tisch gelegt hatte?

Normalerweise kam sie gut mit dem Mann aus, und er mochte sie auch irgendwie, aber seit sie mit Ingrid zusammen war, war da so ein Schatten auf ihr zuvor so gutes Arbeitsverhältnis gefallen.

Jetzt durfte sie allerdings nicht weiter zögern, denn wenn er noch einmal nach ihr rufen musste, dann wäre es für einfache Erklärungen sicherlich zu spät.

Sie eilte ihm hinterher, betrat den Vorraum und nickte der Sekretärin zu.

Die Tür zu seinem Büro hatte er nur angelehnt, aber trotzdem klopfte sie.

Nach dem Herein trat sie in das schmucke Zimmer und schloss die Tür hinter sich.

„Was haben sie sich bloß dabei gedacht?", fragte er mürrisch.

„Ich war einen Moment abgelenkt!", antwortete sie zerknirscht.

Er blickte sie verwirrt an.

„Das meine ich nicht!", brach es aus ihm heraus.

Zum Glück war der Raum schalldicht, aber sie zuckte bei seinem Wutausbruch zusammen.

„Du hast dich um tausend Euro vertan! In der Rechnung von letzter Woche hast du dich verrechnet und unserem Kunden eine Menge Geld geschenkt!", setzte er laut hinzu.

Komischerweise war er zum Du übergegangen, schob ihr das Blatt zu und sie beugte sich über den Schreibtisch, um das Ergebnis zu prüfen.

Jemand hatte den Fehler auf der Rechnung mit einem roten Kreis eingekringelt.

Schnell rechnete sie zweimal zusammen, um den Fehler zu entkräften, doch das Ergebnis blieb.

„Verdammt! Es tut mir leid!", brach es aus ihr heraus.

„Soll ich dir die tausend Euro vom Lohn abziehen, oder dich entlassen?", fragte er und zog das Blatt wieder zu sich.

Beides wäre wohl gleichermaßen schlimm. Jetzt, wo sie planten, ein Kind zu bekommen.

„Nein! Bitte nicht!", stammelte sie.

„Ich kenne dich jetzt schon so lange. Zehn Jahre arbeitest du bereits hier und ich konnte mich bisher immer auf dich verlassen!", erklärte er und hob seinen Blick vom Blatt zu ihr.

Ohne diese Arbeit wäre sie geliefert!

Seine blauen Augen schienen sie durchdringen zu wollen.

Oder auszuziehen?

Eine verrückte Idee sauste durch ihren Kopf, denn im Moment war ja sowieso alles egal. Sie war nach diesem fatalen Fehler schon mit einem Bein entlassen.

Der Mut der Verzweiflung trieb sie voran und sie musste die letzte noch verbliebene Chance nutzen, um ihn jetzt noch umzustimmen!

Sie stand vor seinem Schreibtisch und begann sich langsam ihre Bluse aufzuknöpfen, ganz langsam und einen Knopf nach dem anderen.

Sein Blick wanderte herab, folgte ihrer Hand und er legte dabei die Rechnung zur Seite.

Wenn sie mit ihrer Vermutung falsch gelegen hätte, dann hätte er sie jetzt bereits angebrüllt und aus seinem Büro geworfen, aber er blieb ruhig und sah ihr einfach nur zu.

Als sie sich die Bluse von den Schultern steifte und diese danach zu Boden fiel, lehnte er sich genüsslich grinsend zurück und sie begann einen kleinen, langsamen Tanz vor ihm, bei dem sie sich etwas umständlich die Jeans öffnete und danach über die Hüften rutschen ließ.

Glücklicherweise trug sie an diesem Tag nicht den sonst obligatorischen Schlüpfer mit den Bärchen darauf!

Mit flinken Fingern öffnete sie sich den Verschluss des Bustiers und ließ es danach zu Boden fallen.

Der Mann rutschte mit seinem Stuhl ein Stück zurück und gab ihr somit ein wenig Platz vor sich.

Offenbar spielte er jetzt mit und seinem Gesichtsausdruck nach schien ihm das Schauspiel auch sehr zu gefallen.

Die falsche Rechnung war unverkennbar bereits vergessen, denn er leckte sich lüstern die Lippen und blickte sie an.

Mit ein paar tänzelnden Schritten schob sie sich zwischen seinen Stuhl und den Tisch, dann kniete sie sich vor ihm hin und rieb ihre Hand an der gewaltigen Beule, die sich an seiner Hose gebildet hatte.

Langsam öffnete sie seinen Reißverschluss und befreite sein bereits pralles Glied aus der Hose.

In seiner vollen Pracht sprang es ihr entgegen, es war nicht zu groß und auch nicht zu klein, sondern genau richtig. Von einigen dicken Adern war es umgeben, versprach Freude pur und es lag auch noch gut in ihrer Hand.

Mit sanften Fingern umschloss sie es und rieb daran.

Leise stöhnend lehnte er sich noch weiter zurück und genoss das Bild, das sich ihm bot.

Sie blickte ihm von unten in die Augen und er ließ sie einfach machen, schließlich streifte sie die Haut an der Kuppe zurück und umschloss seine Spitze mit den Lippen.

Ihre Zunge setzte das fort, was die Finger begonnen hatten, sie schob den Kopf tiefer und nahm ihn weiter in sich auf.

Sein wundervoller Penis zuckte in ihrem Mund, als sie langsam ihren Kopf auf und ab bewegte.

Der Mann begann zu keuchen und es dauerte nicht lange, da legte er ihr beide Hände auf den Hinterkopf, schob sie tiefer und ergoss sich in ihrem Mund.

Sie schluckte alles herunter, um die schöne Anzughose nicht zu ruinieren.

Nach dem letzten Tropfen entließ sie ihn aus ihrem Mund und erhob sich.

Er reichte ihr ein Taschentuch, mit dem sie sich den Mund abwischen konnte und während sie sich wieder anzog, schloss er sich die Hose.

„Also tausend Euro war das noch nicht wert, aber ich nehme es mal als Anzahlung!", stellte er fest und rutschte wieder an seinen Schreibtisch zurück.

Damit war für sie eine Strafe oder Entlassung erst einmal abgewendet.

„Ich hätte morgen Abend noch eine wichtige Rechnung zu prüfen!", setzte er hinzu und schickte sie mit einer Handbewegung aus dem Zimmer.

Sie nickte, richtete vor dem Spiegel noch einmal ihre Sachen und eilte dann zurück in ihr Büro.

„Was war denn?", fragte Ingrid, sichtlich besorgt.

„Ich muss morgen Überstunden machen", entgegnete sie ihr und vertiefte sich wieder in ihre Rechnungen.

Mit dem Blick auf das Papier vor sich, ließ sie sich noch einmal diese Situation durch den Kopf gehen. Selbstverständlich hätte sie auch einfach eine Stornierung und eine neue Rechnung machen können.

Das wäre wohl das Einfachste auf der Welt gewesen und ihr Chef hätte ihr das eventuell auch nur vorschlagen können, oder sie ihm, aber er hatte wohl anderes mit ihr vorgehabt.

Möglicherweise hatte er ihre Reaktion vorausgesehen und es genau darauf abgesehen.

Und es war gar nicht mal so unangenehm gewesen.

8. Kapitel

Unter Menschen

Grübelnd lief Ariana langsam die Straße hinunter, an deren Ende sich ein Feldweg abzweigte, der auch zu ihrem Teich führte.

Es war ein etwas längerer Weg, als der Pfad, den sie sonst immer nahm, aber durch Richards frühen Aufbruch hatte sie an diesem Tage ganz besonders viel Zeit und wusste sowieso nicht, wie sie die sonst sinnvoll verbringen konnte.

Erst am Nachmittag, wenn Naomi aus dem Hort kam, hatte sie wieder ihre Pflichten, doch bis dahin war noch so unendlich viel Zeit!

Die Sonne des Herbstes war nicht mehr so stark, aber dennoch hatte sie sich zuvor dick mit der Sonnenmilch eingerieben und sie musste in der Apotheke noch eine neue Flasche davon kaufen.

Kaufen, Geld und Apotheken waren auch solche Dinge, die sie die vielen Jahrhunderte zuvor nicht gekannt oder gebraucht hatte. Genauso wie Waschmaschinen, Duschen und Fernseher.

Alles in allem gefiel ihr das gut und man konnte ja nur Dinge vermissen, die man kannte und demzufolge hatte sie das zuvor auch nie vermisst.

Jetzt wäre das wohl anders!

Die Höhle auf dem Teichgrund, die jahrhundertelang ihr schönes Zuhause gewesen war, war eben im Rückblick nur ein dreckiges und dunkles Loch auf dem Grunde eines kleinen Teiches im Wald.

Sicherlich hatte Lunara das damals gemeint, als die Göttin sie davor gewarnt hatte, sich auf die Menschen einzulassen.

Gewisse Dinge konnte man eben nicht mehr ungeschehen machen.

Und bei einigen davon war das auch ganz gut so! Ariana strich mit der Hand über ihren Bauch.

Manchmal gab es kein Zurück mehr, wenn man den ersten Schritt erst einmal gemacht hatte.

Sie hob ihren Blick vom Straßenpflaster und sah zu den Menschen hinüber, die vor dem Shoppingcenter zusammenstanden. Da würde sie jetzt hindurchmüssen, denn die Apotheke befand sich in dem Einkaufszentrum.

Normalerweise mied sie andere Menschen, aber Simone hatte ihr am Tage zuvor keine Sonnenmilch mitgebracht. Vermutlich waren die beiden Freundinnen durch ihren Plan mit dem Kinderkriegen so durcheinander gewesen, dass sie es einfach vergessen hatten.

Aber ohne diese schützende Creme konnte sie nun mal nicht aus dem Hause, noch nicht mal ans Fenster gehen.

Großzügig umging sie die Menschengruppe am Rande des Platzes und versuchte dabei aufmerksam die Gesten der Menschen zu lesen, um gegebenenfalls schnell verschwinden zu können, doch niemand schien sie zu beachten.

Sie hatte den Eingang fast erreicht, als ihr an der Seite eine junge Frau auffiel, deren Haut sehr dunkel war.

Interessiert trat sie ein paar Schritte näher und bemerkte dann das Erschrecken in den Augen der jungen Frau, als sie nur noch drei Schritte Abstand hatten.

„Ich will dir nichts tun", erklärte Ariana schnell und hob beschwichtigend die Hand.

„Du bist doch eine Wassergöttin! Verzeihe mir bitte, dass ich dir im Wege stehe!", entgegnete die Frau sofort.

Jetzt erschrak Ariana.

„Ich bin keine Göttin!", versuchte sie die Frau zu beruhigen.

Schnell blickte sie sich um, aber niemand sonst war in der Nähe, der das Gespräch eventuell gehört haben konnte, doch jetzt wollte sich die junge Frau anscheinend auch noch vor ihr verbeugen.

Flugs ging Ariana auf sie zu, hielt sie fest und zog sie zu einer Bank am Rande des Platzes.

Ehrfürchtig und ängstlich saß die dunkelhäutige Frau einen Augenblick später neben ihr.

„Große Göttin", fing sie wieder an.

„Nein! Eine Göttin bin ich nicht! Nenne mich einfach Ariana!"

„Gern!", entgegnete die Frau.

„Wo kommst du her?", erkundigte sich Ariana.

„Aus Ghana! Das liegt in Afrika, weit von hier!", erwiderte die Frau.

„Da hattest du sicherlich eine lange Reise", antwortete Ariana und fragte: „Was machst du hier?"

Sie musste auf irgendeine Art eine Verbindung zu dieser Frau herstellen, denn wenn jemand auf sie aufmerksam wurde, dann konnte es auch ihr an den Kragen gehen.

Niemand durfte wissen, dass sie eine Nixe war!

„Mein Name ist Elani und ich bin auf der Flucht", erzählte die junge Frau.

„Wem versuchst du denn zu entkommen?"

„Dem Hunger in meiner Heimat, den widrigen Umständen und vor allem meinem gewalttätigen Ehemann", erklärte Elani seufzend.

„Und nun lebst du hier bei uns? Schön!"

„Ja! Zumindest vorerst. Ich habe keine Papiere und bin hier nur geduldet. Im schlimmsten Falle muss ich wieder zurück!", äußerte Elani und blickte vor sich auf den Boden des Platzes.

„Wieso das denn?", fragte Ariana.

„Das ist eben einfach so! Ohne Ausweis ist man immer auf der Flucht!", entgegnete Elani.

Jetzt blickte Ariana betroffen vor sich hin, denn auch sie hatte keinen Ausweis!

Noch so ein seltsames Ding der Menschen. Man musste beweisen, dass man lebte! Und sie hatte nichts dergleichen vorzuzeigen.

„Und wo wohnst du jetzt?", antwortete Ariana.

„Da drüben im Wohnheim!", erklärte Elani und zeigte mit der Hand auf einen grauen Wohnblock neben dem Einkaufszentrum.

„Und du?", fragte Elani zurück.

Sollte Ariana ihre Bleibe verraten? Oder einfach irgendetwas erfinden?

„Du lebst sicher in einer Quelle! Meine Großmutter hat mir viel von euch Wassergeistern und Göttinnen erzählt!", sagte Elani.

Offensichtlich hatte Elanis Großmutter mal eine Nixe gesehen und ihrer Enkeltochter von diesem Erlebnis berichtet. Anders konnte es sich Ariana gerade nicht vorstellen.

„So in etwa!", entgegnete sie schnell.

Aber hatte sie damit nicht gerade einem Menschen verraten, dass sie kein Mensch war? Vorsichtig hob sie ihren Blick und schaute in Elanis dunkle Augen.

„Bitte verrate mich nicht!", flüsterte sie.

„Ich schwöre bei allem, was mir heilig ist, dein Geheimnis für mich zu behalten!", antwortete Elani andächtig.

„Ich danke dir. Möchtest du mich begleiten? Ich muss noch einkaufen", erklärte Ariana.

Elani zog die Augenbraue hoch. Eine Göttin, die einkaufen ging, war ihr wohl mehr als verdächtig, aber sie nickte und erhob sich von der Bank.

Schlendernd näherten sie sich der Apotheke und Elani blickte sich dabei scheu um.

„Was ist?", fragte Ariana.

„Manche Menschen mögen meine Hautfarbe nicht, da muss ich vorsichtig sein!", erklärte die junge Frau.

So etwas in der Art hatte Lunara ihr ebenfalls einst gesagt. Tröstend strich sie Elani über die Wange.

Die junge Frau zuckte zurück und um ein Haar hätte sie sich vor ihr auf die Knie geworfen, zumindest sagte das ihr momentaner Gesichtsausdruck.

„Lass uns einfach Freundinnen sein!", äußerte Ariana.

„Gern!", antwortete Elani.

Vielleicht konnte sie von jetzt an mit Elani über einige Dinge reden, die auf ihrer Seele lagen, denn das ständige Verstellen und Verstecken nervte dann doch schon sehr.

9. Kapitel
Hypothesen und Realität!

Ingrid saß auf der Kante ihres Bettes und blickte sich selbst in der großen Spiegelfront des Kleiderschrankes an, aber eigentlich sah sie durch sich hindurch.

Sie nahm sich nicht selbst in dem wunderschönen seidenen Nachthemd wahr, sondern sie dachte an den Morgen dieses Tages zurück und an die Botschaft von Richard und noch immer musste sie dabei den Kopf schütteln.

Er hatte nur den Termin bestätigt und das fühlte sich irgendwie sonderbar an.

Sie war auf dem Dorf aufgewachsen, ihr Vater war Bauer und hatte ein paar Dutzend Kühe, aber keinen Bullen gehabt. Gelegentlich kam daher der Besamer, um im Stall für neue Kälbchen zu sorgen und auch der hatte regelmäßig einfach nur per Telefon den Termin bestätigt.

Und jetzt kam sie sich irgendwie so ähnlich vor, wie die Kühe in Vaters Stall: Sie wartete auf den Besamer!

Natürlich hatten sie sich in der letzten Zeit oft über Kinder unterhalten. In einer Beziehung gehörte das einfach dazu, dass man sich über alle Fragen des Lebens austauschte und Kinder waren da eben auch ein wichtiges Thema, zumal Naomi Simone fast täglichen besuchte oder umgekehrt.

Aber bis zum Aufstehen an diesem Tage waren es alles nur rein hypothetische Überlegungen gewesen.

Erst durch Richards Zusage waren diese Vorstellungen zur Realität geworden und was war jetzt?

Pfeifend kam Simone aus dem Bad und riss sie damit aus ihren nutzlosen Grübeleien heraus.

Die Freundin trug ein altes schlabbriges Bandshirt ihrer Lieblingsrockband und dazu eine abgeschnittene Schlafanzughose.

Mit ihren kurzen Haaren und der geringen Oberweite hatte sie mehr von einem Mann als von einer Frau.

Damals, als sie in der Firma angefangen hatte, da hatte sie sich auf den ersten Blick in Simone verliebt, aber dennoch hatte es Wochen gedauert, bevor sie den ersten Schritt gewagt hatte, um sie anzusprechen und es war dann der glücklichste Tag ihres Lebens geworden!

Sie waren so unterschiedlich und dennoch, oder vielleicht gerade deswegen, ergänzten sie sich, als wären sie einfach füreinander geschaffen worden.

Einst, auf dem Dorf, hatte sie viele Frösche geküsst und alles Mögliche versucht, um den richtigen Mann für sich zu finden.

Unzählige nutzlose Versuche waren es gewesen, die sie einfach nur zu Lügnern, Betrügern, Nichtskönnern und Pfeifen geführt hatte, bevor sie es entnervt aufgegeben hatte und seit mehr als fünf Jahren auf Frauen stand, aber erst Simone hatte ihr Glück perfekt gemacht.

Und jetzt dachte sie daran, mit einem Mann zu schlafen, um ihr Glück noch besser zu machen.

Sie lehnte sich zurück, stützte sich mit den Armen nach hinten ab und schaute Simone einfach nur an.

„Du denkst über Richard nach? Ob es richtig ist? Oder?", fragte Simone.

Als Antwort seufzte Ingrid nur.

Nach den paar Monaten konnte sie schon nichts mehr vor der Freundin verbergen. Simone las in ihr, wie in einem offenen Buch.

„Ja! Nach seinem Auftritt gestern Abend hätte ich nicht gedacht, dass er sich doch noch mal anders besinnt!", entgegnete sie schließlich.

Die Freundin stellte sich vor sie hin, stützte die Arme in die Hüften und blickte von oben in ihr Gesicht.

Simone war eindeutig die sportliche von ihnen beiden, sie war durchtrainiert und ging jeden Morgen eine Stunde in den nahen Stadtpark laufen. Bei jedem Wetter!

„Ich denke mal, dass Ariana da bei ihm für ein Umdenken gesorgt hat. Nach seinem hektischen Aufbruch gestern hätte ich auch nicht geglaubt, dass er sich noch mal meldet!", bemerkte Simone, beugte sich nach vorn und küsste sie.

„Mir ist da gerade ganz komisch dabei", entgegnete Ingrid nach dem Kuss.

Simone setzte sich neben sie und blickte ihr in die Augen.

„Was dabei genau?", erkundigte sie sich.

„Na ja, ich und Richard", entgegnete Ingrid und blickte verlegen zum Boden hinab. „Ich möchte ja ein Kind und natürlich ist Richard als dein Bruder auch meine erste Wahl, aber irgendwie", stammelte Ingrid vor sich hin.

„Ich hätte auch lieber mit Felix, aber es ist nun mal so, wie es ist!", erklärte Simone.

Ingrid hob wieder ihren Kopf.

„Du und Felix, was war da?", fragte sie, um sich selbst abzulenken.

„Ach Felix!", seufzte Simone und ließ sich nach hinten auf das Bett fallen.

Halb liegen und halb sitzen, den Blick zur Decke gerichtet, begann Simone zu erzählen: „Ich war über ein Jahr mit ihm zusammen, damals, bevor Eva gestorben ist. Zu der Zeit habe ich noch verhütet, weil ich noch nicht für ein Kind bereit war. Dann starb Richards Frau und das hat mich ebenfalls aus der Bahn geworfen. Ich habe gesehen, wie er sie geliebt hat und an ihrem Tode fast zerbrochen ist, ich habe mich dann einfach um Naomi kümmern müssen. Felix ist ein Windhund, der taugt nicht für eine Beziehung!"

„Als Vater schon? Sonst hättest du ihn nicht gefragt. Oder?", entgegnete sie und ließ sich neben Simone fallen.-

„Ja! Aber Evas Tod hat wohl auch bei ihm mehr ausgelöst, als er jemals zugeben würde. Sicherlich hat er sich auch dadurch dieses Eingriffes unterzogen. Du weißt doch, dass Eva schwanger war und deshalb die Chemotherapie nicht machen wollte!"

„Dennoch wäre es eventuell mit Felix besser gewesen. Den hätte ich danach nie wiedersehen müssen!", seufzte Ingrid.

Simone drehte sich ihr zu.

„Richard ist wirklich ein guter Vater. Er ist liebevoll zu Naomi und auch sehr fürsorglich", versuchte Simone sie zu beruhigen.

„Ja! Das weiß ich, ich kenne ihn ja nun auch schon ein paar Monate. Allerdings macht es das eben auch nicht viel leichter für mich! Vielleicht wäre eine Klinik mit anonymem Spender doch der bessere Weg! Ach, ich weiß auch nicht!"

„Du hast noch genau eine Woche Zeit zum Überlegen und noch ist nichts passiert! Wenn du Zweifel hast, dann können wir auch jederzeit wieder absagen!", erklärte Simone und beugte sich über sie.

Ihre Lippen suchten Simones Mund zu einem neuen Kuss.

„Du hast ja so was von recht!", flüsterte Ingrid danach.

Simone löschte das Licht und sie kuschelten sich aneinander. Es war nur schön, die Nähe der Freundin zu spüren und abermals kamen die Ideen zurück.

Mit Richard als Vater würde das Kind auch einen Teil von Simone in sich tragen und damit würde ihr Kind für immer aus ihnen beiden bestehen.

Das fühlte sich gut an und ihre Hand schob sich fast instinktiv über die Stelle auf ihrem Bauch, an der sie eventuell schon bald ein Kind in sich tragen würde.

Wenn Richard doch nur das mit dem Termin nicht so gesagt hätte!

Jetzt stellte sie sich den Mann vor und schloss die Augen.

10. Kapitel

Überstunden

Wie gebannt blickte Simone immer wieder auf die Uhr über der Bürotür und unendlich langsam näherte sich der kleine Zeiger der Fünf!

Zu Ingrid hatte sie bereits gesagt, dass sie an diesem Tag Überstunden machen musste, aber natürlich nicht, welche Art von Zusatzdienst das war.

Es ging auch um eine Rechnung, allerdings um eine, die ihr Chef noch mit ihr offen hatte: Die Anzahlung für die tausend Euro hatte sie bereits am Tage zuvor mündlich geleistet.

Im Nachhinein war ihr bewusst geworden, dass es sicherlich auch die Möglichkeit einer Stornorechnung gegeben hätte, aber irgendwie gefiel ihr diese Situation auch ein wenig, denn das hatte so etwas Verruchtes.

Sex auf der Arbeit!

Vor einigen Jahren hatte sie sogar mal etwas Ähnliches geträumt!

Ihr Chef war fünf Jahre älter, als sie und eigentlich immer genau ihr Typ gewesen, als sie noch auf Männer gestanden hatte und das war ja noch gar nicht so lange her.

Am Anfang ihrer Beschäftigung hier hatte sie so manches Mal sehnsüchtig hinter ihm her geblickt und es sich auch mitunter nachts selbst gemacht, mit seinem Bild im Kopf.

Nur gelaufen war da nie etwas. Bis jetzt!

Simone holte sich sein Bild in den Kopf. Er war kräftig und hatte sicher auch gut geformte Muskeln. Zumindest hatte er die immer in ihren Träumen gehabt.

Seine kurzen braunen Haare waren immer ordentlich frisiert, aber er hatte eben auch eine Frau und zwei Kinder, die er abgöttisch liebte. Deren Bild stand auf seinem Schreibtisch und sie hatte es schon oft dort gesehen.

Manchmal lag auch eines der Spielzeuge seiner Kinder dabei, dass sie ihm wohl mitgegeben hatten.

Bisher hatte dies sie immer davor abgehalten, weiterzugehen, als es ihr Arbeitsvertrag so vorsah, aber das war ja gegenwärtig vorbei.

Natürlich liebte sie ihn nicht, sie liebte Ingrid.

„Wie lange wird das heute Abend dauern?", fragte Ingrid und riss sie aus ihren Gedanken.

„Ich gehe, wenn er gekommen ist!", sauste es ihr durch den Kopf und um ein Haar hätte sie es auch laut gesagt.

„Ich weiß es noch nicht. Er will mit mir eine wichtige Rechnung durchgehen. Eine Stunde vielleicht, höchstens zwei!", entgegnete sie.

„Dann mache ich die Pizza für dich noch mal warm, wenn du heimkommst!", bemerkte Ingrid und klappte den Aktenordner zu, den sie vor sich liegen hatte.

Es wurde fünf Uhr, Ingrid verabschiedete sich mit einem Kuss und Simone suchte ein paar Akten zur Tarnung zusammen.

Eiligst strömten die Frauen aus dem Büro und Simone wartete noch ein paar Minuten, bis im Flur wirklich Ruhe geworden war, dann nahm sie den Ordner, klemmte ihn sich unter den Arm und ging damit leise zum Zimmer des Chefs hinüber.

Die Tür war nur angelehnt, sie öffnete, ohne zu klopfen, trat ein und schloss diese danach hinter sich wieder.

„Sie wollten mich noch einmal wegen der Rechnung befragen", sagte sie.

Lächelnd blickte er von seiner Arbeit auf.

„Wie ich sehen kann, sind sie pünktlich", entgegnete er und schob den Stuhl zurück, auf dem er sitzen blieb.

Sie hatte an diesem Tag besonders auf ihre Wäsche geachtet, daher trug sie heute auch einen Rock und nicht die obligatorischen Jeans. Auch die Unterwäsche war speziell für diesen Termin ausgesucht.

Vor seinem Schreibtisch stehend begann sie die Bluse wieder langsam Knopf für Knopf zu öffnen.

Als die Bluse zu Boden glitt, konnte er die feinen schwarzen Dessous sehen und sein Lächeln wurde breiter.

Abermals begann sie einen langsamen Tanz vor ihm, bei dem sie sich gemächlich den Rock abstreifte, den BH öffnete und schon wenig später in Slip und halterlosen Nylonstrümpfen vor ihm lasziv hin und her bewegte.

Er schnalzte mit der Zunge und der unübersehbaren Beule in seiner Hose nach zu urteilen, schien ihm dieses Schauspiel auch sehr zu gefallen.

Lüstern blickte er sie an, lehnte sich stöhnend zurück und genoss das Bild, das sie ihm halbnackt tanzend bot.

Schließlich kniete sie sich vor ihn hin und rieb ihre Hand an der gewaltigen Ausbuchtung, die sich an seiner Hose gebildet hatte.

Langsam öffnete sie seinen Reißverschluss und befreite sein pralles Glied aus der Hose.

Während sie langsam daran rieb, blickte sie ihm fragend von unten in die Augen. Was wollte er von ihr?

Offensichtlich bemerkte er ihr zögern und sagte daher: „Setz dich auf den Schreibtisch!"

Sie erhob sich, trat einen Schritt zurück, streifte sich den Slip von den Beinen und schob sich danach weisungsgemäß mit dem Hintern auf die Tischkante.

Auf dem Tisch sitzend spreizte sie direkt vor ihm die Schenkel, wodurch er tief in ihren Schoß blicken konnte, den er derzeitig fast auf Augenhöhe vor sich hatte.

So ähnlich hatte auch mal ein Traum begonnen und jetzt steigerte sie sich selbst in ihre Fantasien von einst hinein.

Lächelnd zog sie sich mit zwei Fingern die Vulva noch weiter auseinander und bot sich ihm so als Ziel für seine Lust dar.

Sein herrlich von dicken Adern umgebenes Glied begann bei dieser Präsentation gierig zu zucken und er erhob sich von seinem Drehstuhl.

Ohne sich die Hose abzustreifen, trat er vor sie hin, seine Eichel spielte kurz mit ihrer Vulva und sie stöhnte dabei lustvoll auf.

Unmittelbar darauf packte er sie bei den Hüften und mit einem einzigen Stoß war er tief in ihre Scheide eingedrungen, bis zum Anschlag, und sein Glied war wirklich lang!

Das konnte locker mit dem von Felix mithalten!

Für einen Moment schloss er seine Augen und genoss wohl die feuchte Enge, bevor er sich in ihr zu bewegen begann.

Er nahm sie wild und stürmisch auf seinem Schreibtisch und sie begann dabei laut zu keuchen, woraufhin er innehielt, sich aus ihr zurückzog und erklärte: „Dreh dich um und stütze dich mit den Händen auf dem Tisch ab!"

Was hatte er jetzt vor? Sex von hinten?

Lüstern leckte sie sich über die Lippen, denn das konnte geil werden!

Sie setzte ihre Füße auf den Boden und drehte sich um. Mit leicht gespreizten Beinen stand sie da, beide Hände weisungsgemäß auf die Tischplatte gestützt und blickte über die Schulter zu ihm zurück.

Er umfasste abermals ihre Hüften, trat nah an sie heran und sie spürte, wie er den engeren Weg zu ihrem Unterleib suchte.

Sie hatte an diesem Eingang noch keinerlei Erfahrungen, aber schon so viel darüber gehört und gelesen, aber was hatte sie schon zu verlieren, als ihre Jungfräulichkeit an dieser eigentlich mit Scham behafteten Stelle?

Feucht von ihrer Scheide glitt er ein kleines Stück in sie und das wundervoll drückende Gefühl machte Appetit auf mehr.

„Darf ich?", fragte er gepresst.

„Ich bitte darum!", hauchte sie und lockerte ihre Muskeln, um ihm den Zugang zu erleichtern.

Ohne sie zuvor zu dehnen, oder anderweitig darauf vorzubereiten, drang er mit einem kräftigen Stoß tief in ihren Hintern ein und sie schrie dabei vor Überraschung auf.

Der Umfang seines Gliedes ließ sie jammern, aber das trieb ihn wohl nur noch mehr an.

Er ließ ihr keine Zeit, um sich an dieses drückende Gefühl zu gewöhnen, sondern begann sofort, sich wild und hemmungslos in ihr zu bewegen.

Tief in sich spürte sie diese Stöße und sie gingen ihr durch den ganzen Leib.

Nicht mal in ihren wildesten Träumen hatte sie sich jemals so etwas Irres vorgestellt: Ihr Chef fickte sie anal auf seinem Schreibtisch!

„Du bist so herrlich eng!", stöhnte er.

Immer tiefer trieb er sich in sie und immer stärker wurde dabei dieser herrliche Schmerz.

Lust und Qual jagten sich in ihr, sie keuchte und wimmerte abwechselnd, aber er machte immer weiter.

Das war verrückt und saugeil zugleich!

Sie hielt es nicht mehr aus und sogleich kam sie ihm bei jedem Stoß mit ihrem Hintern entgegen, mit einem lauten klatschen schlugen bei jedem Anprall seine Hoden auf ihren Damm und massierten dabei auch ihre Labien.

Das ohnehin schon große Glied wurde immer länger und härter in ihr und ließ sie stöhnen.

Schließlich griff sie sich mit einer Hand durch ihre Beine nach hinten und rubbelte ihren Kitzler regelrecht.

Mit einem besonders tiefen Stoß schoss er ihr seinen Samen keuchend in den Darm, sie fühlte sein Zucken in ihr, einen kräftigen Schub nach dem anderen spürte sie ihn warm in sich und das war zu viel für sie.

Sie kam, fiel zuckend mit dem Oberkörper nach vorn auf den Schreibtisch und schrie ihre Lust hemmungslos aus sich heraus.

Zum Glück war niemand mehr da, der sie hätte hören können.

Schließlich zog er sein Glied mit einem Ruck aus ihr, der sie aufstöhnen ließ, danach trat er zurück und schloss sich seine Hose.

Mit zitternden Beinen richtete sie sich wieder auf, hielt sich an dem Tisch fest und zog sich danach langsam wieder an.

„Wenn sie weiter so gut mitarbeiten, dann ist die Rechnung schon bald beglichen", offenbarte er ihr und ließ sich schnaufend auf seinen Stuhl zurückfallen.

Sie nickte nur, denn sie hatte verstanden und würde ab jetzt vermutlich öfters Überstunden machen, aber wenn man dabei so viel Spaß haben konnte, dann war das gar nicht mal so schlimm.

Schnell verabschiedete sie sich, eilte zum Parkplatz und fuhr zu Ingrid nach Hause.

Versonnen lächelte sie auf dem Rückweg, denn das war ziemlich geil gewesen!

Viel schöner als alles, was sie darüber jemals gelesen hatte!

11. Kapitel
Das springende Ei

$\mathcal{F}$ragend blickte Ingrid die Freundin an, die nur kurz die Tasche in den Raum warf und danach sofort unter der Dusche verschwinden wollte. Es waren Überstunden gewesen, zumindest hatte Simone das so gesagt.

„Habt ihr alles gefunden, was ihr gesucht habt?", erkundigte sie sich bei Simone.

„Irgendwie schon, aber ich werde wohl noch ein paar Mal bei unserem Chef antanzen müssen!", entgegnete die Freundin.

„Hast du einen Fehler gemacht?", fragte Ingrid nach, obwohl Simone ziemlich umsichtig war.

„Nein!", antwortete Simone.

Ein leichter Zweifel an dieser Aussage nagte an Ingrid, aber die Freundin hob die Schultern und ging zum Bad hinüber.

„Soll ich dir die Pizza aufwärmen?", rief sie ihr hinterher.

„Ja! Danke, mach das!", kam es aus dem Bad herüber.

Sie erhob sich vom Sofa und ging zur Küche.

Schnell war die Pizza im Ofen und sie schaute sich fragend in Richtung der Dusche.

Irgendwie hatte Simone sich schon den ganzen Tag so seltsam benommen, eigentlich bereits seit dem Tage zuvor.

Vielleicht, seit Richard zugesagt hatte?

Eventuell beschäftigte auch Simone die Sache mehr, als sie ihr gegenüber wohl jemals zugeben würde.

Das Wasser der Brause rauschte, aber etwas war anders, denn sonst sang Simone laut und falsch in der Dusche, heute war jedoch Stille!

Ihre Gedanken sausten zum Tagesbeginn zurück. Wie jeden Tag war Simone auch an diesem weit vor ihr aufgestanden, um joggen zu gehen und normalerweise weckte die Freundin sie dann aber, bevor sie in die Dusche ging, damit sie das Frühstück vorbereiten konnte.

Heute war Simone bereits fertig angezogen, als sie an das Bett gekommen war. Und anders als sonst hatte sie heute mal wieder einen Rock getragen.

Das kam nur äußerst selten auf der Arbeit vor, denn Simone trug lieber T-Shirt und Jeans. Bluse und Rock waren eher Ingrids Kleiderordnung.

Mitunter auch ein schönes Sommerkleid, aber dafür war es jetzt zu frisch.

Die Brause verstummte und wenig später eilte Simone nackt, mit einem Knäuel Kleidungsstücke im Arm in das Schlafzimmer hinüber.

Nachdenklich trat Ingrid an die Küchentür und blickte ihr nach.

Abermals nagte der Zweifel an ihr und wenn sie nicht genau gewusst hätte, dass Simone auf der Arbeit gewesen wäre, dann würde sie jetzt denken, die Freundin hätte eine Affäre und versuchte es zu vertuschen!

Schnell wischte sie diesen absurden Gedanken zur Seite, öffnete eine Flasche Wein und brachte diese mit zwei Gläsern zum Couchtisch.

Als sie mit der Pizza denselben Weg ein zweites Mal machte, kam Simone in ihrem Jogginganzug aus der Schlafstube und alles war wie sonst.

Sie stießen mit dem Wein an und ließen sich die Pizza schmecken, während im Fernsehen eine langweilige Romanze lief.

„Noch mal wegen des Kindes", begann Ingrid.

„Ja? Hast du es dir anders überlegt? Dann müssen wir uns einen anderen Mann suchen!", entgegnete Simone.

„Nein! Das ist es nicht. Noch nicht!", setzte Ingrid fort. „Wenn Felix gekonnt hätte, hättest du dann auch?", fragte sie.

„Vielleicht, wer weiß schon, aber es sollte ja nicht sein!", antwortete Simone und nahm einen Schluck von dem roten Wein.

„Hättest du überhaupt gefragt, wenn ich nichts gesagt hätte?", erwiderte sie.

„Keine Ahnung. Was wäre, wenn wir nicht aufeinandergetroffen wären? Oder wenn ich auf Männer stehen würde? Das sind alles nur leere Fragen. Wichtig ist doch aber nur, dass wir gefragt haben", erklärte Simone.

Das klang alles nach Ausflüchten!

Ingrid blickte in ihr Glas und der Wein warf ihr Spiegelbild zurück. Natürlich war sie der treibende Keil gewesen, denn ihre biologische Uhr tickte gerade ziemlich laut.

Unüberhörbar!

Sie war ein Einzelkind geblieben, weil ihre Mutter mit Mitte dreißig in die Wechseljahre gekommen war und als sich ihre Eltern überlegt hatten, es noch einmal zu versuchen, war es bereits zu spät gewesen.

Und im nächsten Jahr wurde sie dreißig!

Vielleicht trieb sie nur die Angst an, dass es irgendwann einfach zu spät war und dass dann kein Ei mehr übrig war, wenn sie so weit sein würde.

Nachdenklich zog sie ihr Handy vom Tisch und tippte die App an. Auf dem Display zählte gerade ein Countdown die Zeit herunter: Sieben Tage und fünfzehn Stunden bis zum Eisprung.

Woher wusste diese App das eigentlich so genau?

Ihre Regel kam bisher immer pünktlich und sie hatte dieses Programm bisher nur dazu genutzt, um davon nicht unvorbereitet überrascht zu werden.

Wie mit Richard verabredete, stellte sie den Timer auf 24 Stunden davor und damit hatte diese App eine andere Funktion erhalten: Sie zählte jetzt bis zu dem Moment herunter, zu dem sie mit Simones Bruder ins Bett gehen musste!

„Sechs Tage und fünfzehn Stunden", blinkte momentan im Display.

„Du musst nicht!", bemerkte Simone von der Seite.

Sie hatte sicherlich ihren Blick auf den Handybildschirm erraten.

„Ich möchte aber!", log Ingrid und legte das Mobiltelefon zurück auf den Tisch.

Schweigend saßen sie nebeneinander, während die Protagonisten in der Romanze gerade ziemlich stürmisch ein Bett zerwühlten.

Um sich davon abzulenken, begann sie zu erzählen: „Ich hatte bisher bei den Männern nur Pfeifen und Flaschen im Bett! Nur Egoisten, die nach drei Stößen stöhnend abgespritzt haben und mich dann einfach liegen ließen!"

„Also, wenn du da eine Beurteilung der Fähigkeiten meines Bruders vor mir erwartest, dann muss ich dich enttäuschen, aber frage mal Ariana, die kann dir bestimmt eine detaillierte Beschreibung geben!"

Die Heldin des Filmes kam gerade schreiend zum Orgasmus und untermalte damit das kurze Schweigen zwischen den beiden Freundinnen.

„Dass die im Film immer so maßlos übertreiben müssen!", stöhnte Ingrid, zog die Fernbedienung zu sich und schaltete den Fernseher aus.

Sie blickte Simone von der Seite aus an.

„Mit dir ist es immer toll, mit Frauen im Allgemeinen sowieso. Frauen wissen einfach, was Frauen beim Sex wichtig ist!", seufzte Ingrid und wurde dafür mit einem Kuss belohnt.

„Könntest du nicht einfach mitkommen?", fragte sie und Simone zuckte dabei regelrecht zurück.

„Das ist jetzt nicht dein Ernst? Oder? Du willst, dass ich euch zusehe?", stieß Simone aus.

„Das klingt komisch, wenn du das so sagst!", entgegnete sie.

„Komisch? Pervers würde ich eher sagen! Ich will mir dies noch nicht mal vorstellen müssen, dass du und mein Bruder", es schüttelte Simone bei diesen Worten regelrecht durch.

„Es ist schon spät. Lass uns ins Bett gehen. Morgen wird wieder ein anstrengender Tag!", erzählte Simone und erhob sich vom Sofa.

Ingrid zog das Handy zu sich. Neben dem Symbol eines hüpfenden Eis stand: „Sechs Tage und vierzehn Stunden bis zum Eisprung!"

In zwei Tagen würde sie Richard wiedersehen, weil er sie für den Sonnabendabend zum Grillen eingeladen hatte.

Das war schon vor zwei Wochen gewesen, aber sollte sie diese Einladung mit irgendeiner Begründung aus dem Wege gehen?

Seufzend erhob sie sich ebenfalls und folgte der Freundin in das Schlafzimmer.

.

12. Kapitel
Elanis Weg

*A*riana und Elani saßen nebeneinander auf der kleinen Bank am Weiher, Elani hatte sich ihre langen schwarzen Haare in hunderte kleine Zöpfe geflochten, in die sie bunte Perlen eingearbeitet hatte. Es sah sehr schön aus und Ariana strich ihr freundschaftlich über den Kopf.

In nur ein paar Tagen hatte sich eine richtige Freundschaft zwischen den beiden unterschiedlichen Frauen gebildet und dadurch hatte Ariana jemanden gefunden, mit dem sie reden konnte. Offen und unverblümt.

Die Dämmerung setzte langsam ein und obwohl Elani zwei Mäntel trug, zitterte sie vom Abendwind an dem kleinen Gewässer.

Ariana löste ihren Mantel und hängte ihn der Freundin noch zusätzlich um die Schultern.

„Danke dir, aber ist dir das nicht zu kalt?", fragte Elani, zog sich allerdings bereits den dicken Mantel um die Schultern und hielt ihn vorn zu.

„Nein! Alles gut. Ich bin ein Wesen der Natur!", entgegnete Ariana, obwohl es doch schon etwas frisch war.

Sie trug jetzt nur das Kleid und lehnte sich auf der Bank zurück. Eigentlich war sie ein Geschöpf des Sommers, aber auch da war es mitunter in der Nacht frisch und noch war es ihr nicht zu kalt.

Sonst wäre sie zu diesem Zeitpunkt im Jahr längst in ihrer Höhle im Winterschlaf und träumte vom Sommer und von ihren Freunden im Schilf, aber sie wollte erleben, wie der Herbst und der Winter so waren.

Elani jedenfalls zitterte immer noch ziemlich stark.

„In deiner Heimat ist es sicher wärmer. Oder?", erkundigte sich Ariana.

„Oh ja! Sehr viel wärmer!", entgegnete die junge Frau.

„Du hast mir ja schon erzählt, dass du von dort flüchten musstest, aber gab es denn für dich keinen anderen Weg?", erkundigte sich Ariana bei ihrer Freundin.

Elani seufzte.

„Ich hätte mir gewünscht, dass es anders gegangen wäre, aber es ging eben nicht!", begann Elani, beugte sich nach vorn und zeichnete mit einem Stöckchen kleine Kreise in den Sand zu ihren Füßen.

Schließlich brach es aus ihr heraus: „Meine Familie war ziemlich arm und hat mich mit vierzehn Jahren mit einem reichen Plantagenbesitzer verheiratet. Für meine Mutter war es wohl gut, dass wenigstens eines ihrer Kinder versorgt war und ich sollte es dort besser haben, aber das Schicksal hat es nicht gut mit mir gemeint!"

„So schlimm, dass du das Land deiner Ahnen verlassen musstest?", entgegnete Ariana.

„Schlimmer, es war die Hölle!", antwortete Elani, lehnte sich zurück und warf das Stöckchen in den Teich.

„Die Hochzeitsnacht war brutal und schmerzhaft, danach hat er mich eingesperrt und ich durfte das Haus nicht mehr verlassen. Als ich ihm bis zu meinem achtzehnten Geburtstag noch kein Kind geboren hatte, begann er mich auch noch zu schlagen, zu beleidigen und zu demütigen! Ich musste ihm und seinen Freunden schließlich wie eine Hure jederzeit zu Diensten sein!"

Elani seufzte und richtete ihren Blick zum Himmel hinauf.

„Zu meinem zwanzigsten Geburtstag durfte ich dann meine Familie besuchen. Ich habe diese Gelegenheit zur Flucht benutzt und jetzt bin ich hier. Es hat mehr als ein Jahr gedauert, bis ich endlich hier in Sicherheit war!"

„So lange? Und warum gerade dieses Land hier? Dieser Ort?", erkundigte sich Ariana.

„In unserem Dorf gab es eine Missionsstation, wo ich in der Schule war. Der Leiter kam aus

Deutschland und bei ihm habe ich auch die Sprache gelernt. Bei meinem Geburtstag habe ich ihn getroffen, er hat mir diese Adresse gegeben und ich bin geflohen!", erklärte Elani und zog einen zerknitterten Zettel hervor, den sie wie einen Schatz verwahrt hatte.

Vorsichtig entfaltete sie ihn und zeigte Ariana die vergilbte Schrift.

„Vermisst du deine Familie nicht?", erwiderte Ariana.

Sie erhielt ein Seufzen als Antwort, daher wollte sie darauf nicht näher eingehen und lenkte das Gespräch in eine andere Richtung.

„Wie konntest du mich erkennen?", fragte sie.

„Ich habe so eine Gabe, die ich wohl von meiner Großmutter erhalten habe. Ich brauche einen Menschen nur anzusehen und weiß, ob er gut oder schlecht ist. Oder, in deinem Fall, ob er überhaupt ein Mensch ist."

Der Mond ging auf, eine Nebelwand senkte sich auf das Wasser herab und aus diesem Bodennebel tauchte Lunara auf und kam schlendernd den Weg entlang.

Elani sah die Gestalt vor sich, sprang von der Bank auf und warf sich vor Lunara auf die Erde.

„Große Göttin, verschont mich bitte! Ich habe nichts Unrechtes getan!", stieß sie aus und behielt das Gesicht zum Boden gesenkt.

„Hallo Lunara!", sagte Ariana, erhob sich von der Bank und ging der Freundin entgegen.

Mit einer Umarmung begrüßten sie sich.

„Erhebe dich Elani! Du bist eine Frau! Du sollst nicht im Staub vor mir kriechen!", äußerte Lunara laut und scharf.

Vorsichtig erhob sich Elani, hielt aber den Blick weiter gesenkt.

„Große Göttin, ihr kennt mich?"

„Ich kenne jede Frau! Setze dich zu mir!", erzählte Lunara und ließ sich auf der Bank nieder.

Ariana setze sich zu ihr und wenig später ließ sich auch Elani vorsichtig auf dem Holz nieder.

„Ich verfolge von da oben schon sehr lange deinen Weg!", begann Lunara.

Elani schien noch mehr zu zittern, jetzt aber vermutlich aus Furcht und nicht wegen der Kälte des Abends.

„Er hat mich bis zu diesem Teich gebracht, aber schon bald muss ich wahrscheinlich wieder zurück!", entgegnete die junge Frau.

„Warum?", fragte Ariana überrascht zurück.

„Ich habe keine Papiere und keine Arbeit. Mein Asylantrag wird sicher bald abgelehnt und dann setzt man mich in ein Flugzeug und es geht zurück in meine Heimat!"

„Zu deinem brutalen Mann? Das kann ich nicht zulassen!", brach es aus Ariana heraus.

„Was willst du tun?", erwiderte Lunara.

„Bin ich hier die Göttin oder du?", entgegnete Ariana.

„Bei den Menschen sind mir die Hände gebunden. Ich kann sie nur im Traum oder in Visionen erreichen!", erklärte Lunara.

Ariana blickte über ihren Teich und dachte dabei nach, wie sie Elani helfen konnte.

Nach einer Weile fragte sie: „Wenn du Arbeit hättest und eine Unterkunft, dann könntest du bleiben?"

„Eventuell schon, aber wo bekomme ich eine Arbeit!", seufzte die dunkelhäutige Freundin.

„Was kannst du denn?", fragte Ariana und setzte hinzu: „Kochen? Kannst du gut kochen?"

„Ja! So leidlich! Ich musste es lernen, um für meinen Mann und seine Freunde zu kochen. Die hatten fast täglich Feiern und Besäufnisse und danach ging es mir immer an den Kragen!", erklärte Elani und hatte dabei Tränen in den Augen, in denen sich das Licht der Mondgöttin spiegelte.

„Am Samstag gibt es wieder einen Grillabend bei uns. Ich würde dich gern meinem Freund vorstellen. Der hilft dir sicherlich und dann könntest du bleiben!", erzählte Ariana.

„Danke!", entgegnete Elani, sprang von der Bank und fiel ihr um den Hals.

„Und ich werde deiner Großmutter sagen, dass es dir gut geht!", erklärte Lunara, erhob sich von der Bank und verneigte sich vor der verdutzten Elani.

„Du bist so stark!", sagte die Mondgöttin noch.

Elani verneigte sich jetzt ebenfalls, danach löste sich Lunara auf.

„Ich hole dich dann am Samstagmittag in deinem Heim ab!", sagte Ariana und umarmte Elani.

Anschließend legte sie ihre Kleidung ab und stieg unter den entsetzten Augen der jungen Frau nackt in den kalten Teich, um noch eine Runde darin zu schwimmen.

13. Kapitel
Grillen mit Freunden

Samstagmittag war es und wie jeden Samstag bereitete Richard auch an diesem Tag den Grill vor. Es würde aber wohl der letzte Grilltag werden, denn die Abende waren mittlerweile doch schon empfindlich kühl.

Im Sommer hatten sie mitunter bis spät in die Nacht hier gesessen, gelacht, gesungen und manchmal auch irgendwelche Gesellschaftsspiele gemacht.

Erst in diesem Jahr, nachdem er Ariana kennengelernt hatte, war es wieder so geworden, wie es vor Evas Tode immer gewesen war, wobei sich der Kreis der Freunde allerdings stark erweitert hatte.

Neben ihm und Ariana würden auch dieses Mal wieder Felix mit Gisel und Simone mit Ingrid dazukommen.

Pfeifend schrubbte er das Gitter des Bratrostes und dachte dabei an Ingrid. Es fühlte sich schon jetzt komisch an, ihr an diesem Tag gegenüberzusitzen, denn schließlich hatte er ja zugesagt, ihr in ein paar Tagen ein Kind zu machen.

Noch immer haderte er innerlich mit dieser Entscheidung, aber er würde zu seinem Wort stehen. Da blieb nur zu hoffen, dass auch etwas anderes dann stand!

Und es würden bizarre Familienbande werden, denn er war dann der Vater und der Onkel des Kindes, Simone Mutter und Tante zugleich, Naomi Halbschwester und Cousine in einem.

Die Tochter tobte soeben dick eingepackt durch den Garten, aber so kalt war es nun auch noch nicht!

Er selbst stand noch im T-Shirt sowie Jeans neben dem Grill und erst nach Einbruch der Dunkelheit würde es in dieser Anzugsordnung wohl zu ungemütlich werden.

Ariana kam mit den Tellern und dem Besteck auf dem Tablett aus dem Haus und deckte den Tisch im Garten.

Freundlich nickte er ihr zu und sie winkte lächelnd zurück.

In den paar Wochen war so ein inniges Verhältnis zwischen ihnen entstanden und sie verstanden sich oft blind, aber war sich Ariana wirklich dessen bewusst, was sie mit ihrer Bitte bei ihm ausgelöst hatte?

Schließlich hatte er auch auf ihr Drängen hin zugesagt, sich mit Ingrid auf dieses Wagnis einzulassen.

Er schob die Zweifel fort, schüttete Kohle auf den Grill und setzte den Bratrost wieder ein. Damit war die Feuerstelle bereit für ihren letzten diesjährigen Einsatz.

Jetzt musste er die Getränke aus dem Hause holen. Im Vorbeigehen blickte er zum Tisch und bemerkte, dass Ariana ein Gedeck mehr auf die Platte stellte.

„Wer kommt denn da noch dazu?", fragte er und zeigte auf den zusätzlichen Platz.

„Meine Freundin Elani", entgegnete Ariana und machte einfach weiter.

Mit dieser Aussage war es auch für ihn erledigt, denn einer mehr oder weniger spielte da keine Rolle. Lustig würde es auf alle Fälle.

Er hob seinen Blick zum Himmel.

Es würde jedenfalls trocken bleiben und der große Schirm konnte daher getrost in der Ecke stehen bleiben.

Mit einem Kasten Bier war er nach einer Weile wieder am Tisch, noch zwei weitere Mal lief er in das Haus und dann waren alle Getränke für den Abend griffbereit untergebracht.

Damit ging es an den Salat und das Fleisch, doch die jahrelang geübten Griffe konnte er vermutlich auch noch im Schlaf.

„Ich gehe mal und hole Elani", erklärte Ariana von der Tür aus und er nickte ihr zu, ohne auf seine Arbeit zu achten.

Naomi kam in den Raum und suchte nach der Kiste mit den Spielen, um sie nach draußen zu schleppen.

Wenig später hatte sie die Kiste ausgeräumt, deren Inhalt über die gesamte Stube verteilt und suchte anschließend die Teile wieder zusammen.

Den Kommentar, dass man alles ordentlich wiederfand, wenn man es gut verstaute und zusammenräumte, ersparte er sich dieses Mal und nach diesem Abend würde die bunte Spielbox sicherlich im Keller überwintern.

Die ersten beiden Freunde trafen ein, Felix betrat mit Gisel durch die Terrassentür die Wohnung und machte sich wortlos an den Salat.

Die seit vielen Jahren gemeinsam durchgeführte Arbeit in der Küche ließ sie sich einfach ebenfalls blind vertrauen.

Gisel suchte in der Zwischenzeit die Spiele mit Naomi zusammen und verpackte sie danach in der Box.

Als Nächstes traf Simone ein und seine Augen suchten Ingrid, doch die junge Frau stand noch im Garten und betrachtete den Tisch.

Offensichtlich traute sie sich momentan noch nicht einmal, mit ihm im selben Raum zu sein. Das konnte an diesem Abend heikel werden, ganz davon abgesehen, was ihr baldiges Zusammentreffen betraf!

„Ich nehme mal das Fleisch"; erklärte er und griff sich die Schüssel.

Felix nickte, Gisel übernahm wortlos sein Messer, jetzt half Simone seiner Tochter mit der Spielekiste und er ging zu Ingrid in den Garten hinaus.

Seit jenem Abend, als sie ihn gefragt hatte, waren sie sich nicht mehr persönlich begegnet.

Er trat vor sie hin, sie zuckte fast zurück und blickte ihn gespannt an.

„Hilfst du mir mit dem Fleisch?", fragte er und hob die Schüssel an.

„Ja! Gern!", entgegnete Ingrid.

Sicherlich war sie froh, aus dieser Lage zu kommen und während er den Grill anheizte, legte sie das Fleisch oben auf den Rost.

„Du Ingrid, das mit uns muss dir nicht peinlich sein!", sagte er.

„Ich weiß, aber es fühlt sich komisch an", entgegnete sie und es war ihr deutlich anzusehen, dass es ihr dennoch peinlich war, aber die roten Wangen in dem blassen Gesicht standen ihr wirklich ausgezeichnet.

„Wir machen das einfach, wie unter Freunden. Ok?", fragte er.

„Ich habe mich noch nie vor Freunden nackig gemacht", antwortete sie und wich seinem Blick aus.

„Vielleicht sollten wir das ändern und heute Abend eine Runde Strippoker spielen", versuchte er einen Scherz, der aber nicht wirklich gut ankam.

Ingrid blickte ihn entsetzt an, bis sie den Spaß bemerkte. Ein gequältes Lächeln zog über ihr Gesicht.

Er kratzte sich am Kopf. „Also ihr zwei habt mich gefragt! Aber ihr könnt euch immer noch anders entscheiden", erklärte er ihr.

Ingrid winkte einfach ab, doch ihre auffällige Gesichtsfarbe blieb.

Felix kam mit einer Pappkiste in den Garten und rief: „Wir sollten heute das letzte Mal auch den Lampions eine Chance geben! Ingrid, hilfst du mir dabei?"

Die blonde Frau lief sofort zu ihm, stieg vor ihm auf eine kleine Leiter und stand damit so, dass Felix ihr ohne Probleme unter den Rock schauen konnte.

Obwohl sie auch Felix zuvor gefragt hatte, ob er mit ihr schlafen würde, schien sie mit ihm kein Problem zu haben.

Allerdings hatte er auch nicht zugesagt.

Grübelnd blickte Richard in die Ferne.

Das konnte schwierig mit Ingrid werden, denn solange sie so verklemmt war, würde er mit ihr wohl kein Glück haben.

Es brauchte einen guten Plan.

Der Duft des brutzelnden Fleisches stieg ihm in die Nase und lockte alle aus dem Hause.

Die Freunde versammelten sich um den Grill.

Nur Ariana und ihre neue Freundin fehlten noch.

14. Kapitel
Samstagnacht

Händchen mit Elani haltend näherte sich Ariana dem Haus, aus dem Garten war schon laute Musik zu hören und der Grill war offenbar ebenfalls schon entzündet.

Sie war etwas später als geplant zurückgekommen, denn es hatte eine Weile gedauert, bevor sie Elani dann doch dazu bewegen konnte, mit ihr mitzukommen.

Zwar hatte die Freundin ihr das zuvor schon zugesagt, aber dann war ihr wohl die eigene Courage im Wege gewesen und nur mit viel gutem Zureden war es ihr dann doch noch gelungen, Elani zu überzeugen.

„Wenn Richard dir die Arbeit nicht zusichert, dann machen wir uns einfach einen schönen Abend, aber er wird sicherlich zusagen. Er kann mir kaum einen Wunsch abschlagen", erzählte Ariana und zog die sich neuerdings sträubende Freundin einfach hinter sich her.

Sie wurden mit großem Hallo im Garten begrüßt und Elani hatte wenig später ihren Platz am Tisch gefunden.

Es war bei ihnen vollkommen unkompliziert und die dunkelhäutige Frau legte ihre Scheu langsam ab, der Zweifel und ihre Furcht schwanden ebenfalls deutlich.

Einen Moment zögerte Ariana danach noch, bevor sie über den Tisch hinweg ihren Freund fragte, ob er nicht eine Arbeit für Elani hatte.

„Was kannst du denn? Töpfe waschen? Kochen?", fragte Richard.

„Beides! Ich habe bei meiner Oma kochen gelernt, aber hauptsächlich regionale Gerichte aus meiner Heimat!", entgegnete Elani.

Sofort wurde Felix hellhörig und befragte sie nach einigen Rezepten, die beiden fingen über die Ecke des Tisches an zu fachsimpeln und Richard nickte ihr zu.

Die Arbeit für Elani war damit so gut wie gesichert, zumindest eine Probearbeit für vier Wochen, die Felix ihr wenig später anbot.

Die Frage der Unterkunft ließ Ariana erst einmal nach hinten gleiten. Darüber würde sie dann später mit Richard reden, wenn sie wieder allein waren.

Jetzt wurde geschlemmt und gesungen. Es wurde gelacht und die Spielekiste gab ihren Inhalt preis.

In den beginnenden Abend hinein wurde gespielt und auf der Wiese nach der Musik getanzt, Pärchenweise, wobei Richard auch eine Runde mit Ingrid drehte, was allerdings etwas steif aussah.

Ariana zog Elani von ihrem Platz, sie tanzten beide und das sah bei Elani auch nicht viel lockerer aus, allerdings war das bei deren Geschichte wohl auch kein Wunder. Sie hatte in ihrem Leben bestimmt noch nicht oft tanzen können.

Der Abend war wunderschön und keiner wollte nach Hause, aber irgendwann musste Naomi in ihr Bett.

Doch das Kind sträubte sich regelrecht dagegen und somit musste Ariana ihr Versprechen, eine Geschichte von Arielle zu erzählen, was Richards Tochter sofort milde stimmte und mit dem frühen Aufbruch versöhnte.

Naomi verabschiedete sich von allen und rannte dann auf ihr Zimmer, wobei Ariana ziemliche Mühe hatte, ihr zu folgen.

Das Mädchen war schnell im Bett und die Geschichte etwas kürzer als sonst, denn sie wollte ja wieder zurück zu den Freunden, allerdings ließ Naomi sie nur widerwillige wieder ziehen.

Unten im Flur stand Elani und fragte sie, wo sich die Toiletten befanden.

Ariana zeigte ihr den Weg und die Freundin ging.

Unmittelbar darauf erschien Felix und wollte ihr offenbar hinterher, doch Ariana hielt ihn zurück und schilderte ihm mit einigen Worten flüsternd den Weg der Freundin.

Felix sah bei deren Schicksal ziemlich betroffen aus, nickte und ging danach wieder in den Garten zurück.

Ariana wartete auf ihre Freundin und lief dann mit ihr zu den anderen.

Irgendwann verabschiedeten sich zuerst Simone und Ingrid bei ihnen allen mit einer Umarmung, wobei auch das zwischen Ingrid und Richard seltsam steif aussah.

Ein paar Minuten später rannte Elani zurück zu ihrem Heim, das ja nicht ewig die Türen offen hatte. Pünktlich um Mitternacht musste sie wieder zurück sein.

Felix und Richard blickten ihr nach.

„Aisha geht ja nächste Woche in den Mutterschutz. Wenn Elani was taugt, dann kann sie gern den Platz bekommen!", erklärte Felix, verabschiedete sich von ihnen und mit Gisel im Arm schlenderte er zu seinem Wagen.

Damit blieb Ariana bei Richard zurück und räumte mit ihm noch schnell das gröbste auf. Der Rest musste dann am Sonntag bereinigt werden, bevor Richard die Gartenausrüstung in den Keller bringen würde.

Es mochte gegen zwei Uhr in der Früh sein, als sie zusammen mit einem letzten Glas Wein auf dem Sofa saßen, und jetzt wurde es Zeit dafür, auch über die Frage der zukünftigen Unterkunft von Elani zu reden.

„Falls Elani sich bei dir gut macht, könnten wir ihr dann übergangsweise das Zimmer oben überlassen? Sie braucht für ihre neuen Papiere eine Arbeit und eine Unterkunft, sonst muss sie zurück in ihre Heimat!", begann Ariana.

„Lass ihr erst mal eine Woche die Tätigkeit und dann reden wir noch einmal darüber!", entgegnete Richard.

„Ich werde ihr sagen, dass sie am Montag früh hier bei dir ist, dann kannst du sie mit auf die Arbeit nehmen. Ist das für dich in Ordnung?", fragte Ariana.

Richard nickte, wandte sich ihr zu und küsste sie.

Seit Tagen war das der erste zärtliche Kuss von Richard, das tat gut und machte Lust auf mehr.

Vorsichtig stellte sie ihr Glas auf dem Tisch ab und rutschte auf seinen Schoß. Bauch an Babybauch saßen sie so und küssten sich abermals.

Das Kind in ihr störte nur wenig, machte sie aber empfänglich für Richards Zärtlichkeiten.

Geschickt glitt sie mit dem Unterleib auf seinem Schoß vor und zurück und rieb sich so an ihm, aber es dauerte dennoch eine geraume Weile, bis sie bemerkte, dass ihr Tun nicht vergebens war und die zunehmende Erregung auch Richard erfasste.

Ariana griff unter sich und zog ihm etwas umständlich den Reißverschluss auf, ohne ihre Position dabei zu verändern.

Ihre Finger glitten in seine Hose und wurden dort schon erwartete. Seufzend befreite sie den Freudenspender aus seinem dunklen Gemach, lang und prall reckte er sich ihr entgegen und berührte dabei ihren Schoß.

Ariana positionierte sich über ihm, aber noch bevor sie zu einer Bewegung bereit war, löschte Richard mit der Fernbedienung das Licht im Raum.

Sie war darüber verwundert, aber die Lust war im Moment stärker als die Neugier, warum Richard das getan hatte.

Stöhnend senkte sie ihren Unterleib herab und spürte dabei, wie er in sie glitt. Dieses wundervolle Gefühl hatte sie schon viel zu lange vermisst.

Sie warf den Kopf zurück und begann ihren Schoß zu bewegen, doch diesmal nicht vor und zurück, sondern auf und ab.

Richard legte seine Hände auf ihre Hüften und sie liebten sich stürmisch in der Finsternis.

Ihrer beider Schnaufen erfüllte den Raum und Ariana biss ihm in die Schulter, als sie explosiv zum Höhepunkt kam.

Richard bewegte sie weiter, dann kam auch er.

So herrlich konnten Nächte sein!

15. Kapitel

Augen zu und ...

Das Telefon hatte Ingrid am Mittag ziemlich hektisch piepsend daran erinnert, dass es Mittwoch war. Das flaue Gefühl in ihrem Magen kam allerdings nicht vom Hunger, oder nicht nur, sondern davon, dass dieses Piepen eine Art von Weckruf der Natur war.

Das Symbol auf dem Handydisplay hatte sich ebenfalls geändert. War da in den letzten Tagen immer ein Ei schlafend dargestellt, da hüpfte das gerade und von der einen Seite kam im Minutentakt ein ziemlich doof grinsendes Spermium geschwänzelt.

In all den Jahren hatte sie sich das nie so genau angesehen, weil es ja nur ein Regelkalender gewesen war und der Termin des Eisprunges für sie bisher keinerlei Bedeutung gehabt hatte.

Nun war das allerdings anders und das seltsame Gefühl in ihrem Bauch verschwand auch nach dem Mittagessen nicht!

Inzwischen war der Feierabend herangekommen, sie packte mit Simone ihre Sachen zusammen und ein paar Minuten später fuhren sie mit dem Auto nach Hause, Simone würde dort auf sie warten, Ariana mit Naomi ins Kindertheater gehen und danach über Nacht bei Simone bleiben.

Und sie?

Sie würde zu Richard fahren, um dort das zu tun, was das Handy ihr schon den halben Tag lang anzeigte!

Allerdings war immer noch Zeit, das unangenehme zu vermeiden. Oder einfach: Augen zu und durch! Zumindest hatte Simone das am Abend zuvor so gesagt und das klang pragmatisch!

Vor dem Schrank suchte sie sich die Sachen heraus, ging unter die Dusche und versuchte, an nichts zu denken. Vor allem nicht daran, was sie zu tun gedachte.

Nur das Ergebnis zählte und wenn es funktionierte, dann war es ja nur ein einziges Mal. Einfach nur mit Richard schlafen und dabei nicht daran denken, dass er Simones Bruder war.

Und danach für den Rest ihres Lebens nicht mehr daran, dass ihr Kind auch seines war!

Das würde zweifellos schwierig werden, denn sie traf fast täglich auf Richard.

Vielleicht sollte sie einfach daran denken, dass mit Richard auch ein Teil von Simone in dem Kind sein würde. Und sie liebte die Frau einfach so unsäglich, dass sie das unbedingt wollte.

Schließlich drehte sie das Wasser ab, trat aus der Kabine und trocknete sich sorgfältig ab, föhnte sich die Haare und nahm die Wäsche an sich.

Langsam, ein Stück nach dem anderen, zog sie sich an, als wolle sie den Moment noch weiter hinauszögern, den ihr das Handy schon wieder mit diesem nervigen Piepton vermeldete.

Sie hatte normale Freizeitkleidung und alltägliche Unterwäsche gewählt, die sie auch sonst immer trug, denn das war ja kein Date oder so etwas in der Art.

Als sie in die Stube trat, saß Simone in ihrer alten Jogginghose und einem T-Shirt auf dem Sofa.

Unschlüssig blickte sie von der Tür aus zu ihrer Freundin hinüber, denn diese Situation kam ihr irgendwie surreal vor: Sie musste sich von Simone verabschieden, um mit einem Mann, ihrem Bruder, zu schlafen.

Simone erhob sich von der Couch und trat auf sie zu. Jetzt fehlte nur noch, dass die Freundin so etwas wie: „Viel Glück", oder noch schlimmer: „Gutes Gelingen", ausdrücken würde, aber Simone sagte nur: „Ich warte dann auf dich, egal wie spät es wird!"

Sie nickte ihr zu und sie umarmten sich zum Abschied.

Mit dem Auto waren es keine fünfzehn Minuten bis zu Richards Haus.

Für einen Moment blieb sie davor noch im Wagen und wartete, bis Ariana mit Naomi an der Hand das Gebäude verließ.

Noch ein tiefer Atemzug, im Spiegel die Haare noch einmal gerichtet, dann stieg sie aus dem Wagen und ging zur Tür.

Sie klingelte, Richard öffnete ihr und sie sahen sich beide nur schweigend an. Es war ein sehr seltsames Gefühl und die sonst so herzliche Umarmung blieb heute aus.

Jetzt hatte sie einen Kloß im Halse, den sie herunterschlucken musste.

Stumm trat er zur Seite, gab ihr den Weg frei und sie betrat das Haus.

Wo sollte sie hin? In die Stube oder ins Schlafzimmer? Sie wagte nicht zu fragen und ging einfach los, denn er würde sie schon stoppen, wenn es nicht der richtige Weg war, aber die Aufgabe war ja klar.

Sie wusste nicht, ob er ihr folgen würde, alle Türen standen offen und so lief sie wortlos den wohlbekannten Weg entlang, denn das Schlafzimmer lag dem Bad genau gegenüber, das sie schon so oft bei den Grillabenden des Sommers aufgesucht hatte.

Schließlich war sie im Schlafzimmer vor dem Bett angekommen und abermals war der Kloß in ihrem Halse!

Nach einem Moment des Zögerns drehte sie sich zur Tür um und Richard stand schweigend vor ihr.

Sie hatte keine Worte und noch immer schnürte es ihr den Hals zu, aber was sollte sie auch groß sagen?

Alles war doch bereits zuvor geklärt!

Jetzt galt es nur noch, den Plan in die Tat umzusetzen!

Fast mechanisch zog sie sich aus, legte die Sachen sauber zusammengefaltet auf einem Hocker ab und Richard stand noch immer unbeweglich neben der Tür.

In ihrer jetzigen Nacktheit fühlte sie sich momentan noch unwohler als zuvor, darum legte sie ihre Hände vor ihren Schoß und stand nervös dort herum, wie das Schulmädchen, dass sie fünfzehn Jahre zuvor gewesen war, damals, bei ihrem ersten Besuch beim Frauenarzt.

Irgendwie war es wohl ähnlich, aber worauf wartete Richard eigentlich?

Endlich begann auch er sich auszuziehen und jetzt beobachtete sie ihn dabei, wie er es wohl zuvor bei ihr gemacht hatte.

Er war gutaussehend und auch untenrum ziemlich ansehnlich, nachdem er ebenfalls nackt vor ihr stand und damit kam jetzt wohl der Moment!

Sie drehte sich zum Bett, legte sich mit dem Rücken darauf, öffnete ihre Schenkel und zog die Knie an.

Danach schloss sie die Augen und, nicht wirklich bereit für ihn, wartete sie, dass er zu ihr kam, aber nichts dergleichen geschah!

Schließlich öffnete sie nach einer geraumen Weile die Augen wieder und drehte ihm ihr Gesicht zu.

Bisher hatte Richard noch nicht ein Wort gesagt, doch soeben begann er: „Was soll das? Das geht doch so nicht! Du liegst da, wie eine Puppe. Möchtest du schlafen und ich wecke dich, wenn ich fertig bin?"

Richard hob seine Unterhose wieder auf und zog sie sich an.

„Nein! Bitte warte!", erklärte sie, setzte sich im Bett auf und fragte: „Was soll ich tun?"

„Lockerer werden! Sonst geht das nicht! Du bist viel zu verkrampft!", entgegnete Richard und zog sich die Hose wieder aus.

„Locker werden? Und wie?", fragte sie nach.

„Vielleicht sollten wir zusammen duschen, das macht dich sicherlich etwas entspannter!", erklärte er.

Sie nickte, setzte die Füße auf den Boden und erhob sich aus dem Bett. Das Duschen würde ihr noch etwas Zeit geben, um sich an die seltsame Situation zu gewöhnen und an Richards zweifellos schönen Körper.

Ingrid schüttelte alle Gedanken einfach von sich ab und wollte nicht mehr daran denken, was gleich geschehen würde!

Er nahm sie bei der Hand und führte sie die drei Schritte über den Flur bis ins Bad. Dort öffnete er die Duschkabine, drehte das Wasser der Brause an und hielt ihr die Hand abermals hin.

Zusammen betraten sie die Kabine, die allerdings für zwei ziemlich eng war!

Es dauerte einen weiteren Moment, dann löschte das warme Wasser von oben die letzten überflüssigen Bedenken aus. Sie schloss die Augen und genoss es einfach.

Immer wieder streifte sein Körper den ihren, die Tropfen der Brause streichelten ihre Haut, beides fühlte sich gut an und sie wurde lockerer.

Offensichtlich bemerkte auch Richard dies, denn jetzt begann er zärtlich mit den Fingerspitzen ihre Wange und den Hals zu liebkosen.

Seine Finger glitten durch ihr nass werdendes Haar und dann küsste er die Seite ihres Halses.

Überrascht riss sie die Augen auf und zuckte zusammen, aber es fühlte sich dennoch sehr gut an.

Alles war gut!

Sie nickte ihm zu, er begann ihre Brüste sanft zu streicheln und auch das war in Ordnung. Dieses Spiel unter der Dusche begann sie zu erregen und Richard bemerkte wohl ihre steil aufgerichteten Brustwarzen, denn er schloss seine Lippen um eine davon.

„Mein Gott!", hauchte sie und warf ihren Kopf zurück.

Ein Kribbeln setzte in ihrem Bauch ein und wurde mit jeder Sekunde dieses Streichelns und Küssens nur noch viel stärker.

Schließlich kniete sich Richard vor ihr hin, schob ihr die Schenkel auseinander, legte sich eines ihrer Beine über die Schulter und vergrub danach sein Gesicht in ihrem Schoß.

Für einen Moment verschlug es ihr die Sprache, denn das hatte noch nie ein Mann zuvor bei ihr gemacht!

Mit einer unglaublichen Leichtigkeit und Sanftheit begann Richard ihren Schoß zu liebkosen, zu erforschen und zu betasten.

Und er war wirklich gut!

Alles in ihr begann sich zusammenzuziehen und schließlich löste sich diese Anspannung mit einem gewaltigen Schrei.

Sie kam und hing einen Augenblick später schnaufend in seinen Armen.

Richard hielt sie einfach fest und diese Nähe und Geborgenheit tat ihr so unglaublich gut.

Nachdem ihr aufgeheiztes Inneres zur Ruhe gekommen war, drehte er den Hahn zu und trocknete sie behutsam ab.

Wie ein sanftes Streicheln war das auf ihrer immer noch erregten Haut.

Schließlich hob er sie auf seine Arme und trug sie aus dem Bad.

16. Kapitel
Betrug, oder nicht?

*I*ngrid war eine wirkliche Traumfrau, wunderschön und genauso proportioniert, wie Ariana, aber da sie ein paar Zentimeter kleiner war, wirkte sie rundlicher und fraulicher.

Soeben hatte er sie auf seinen Armen und trug sie nackt die fünf Meter bis zum Bett.

Mit dem Duschen hatte er eigentlich nur bewirken wollen, dass sie diese gezwungene Starrheit ablegen und etwas lockerer werden sollte.

Und vielleicht auch etwas feuchter, aber dass sie so ekstatisch auf ihn reagiert hatte, hatte ihn überrascht.

Er blickte auf sie herab, ihr langes blondes Haar fiel ihr bis weit in den Rücken, aber sonst hatte sie am ganzen Leib nicht ein weiteres Haar.

Ihr Venushügel war glattrasiert und die Fuge ihrer Scham war so weit nach vorn und oben gezogen, dass sie dabei diesen Venushügel fast auf der gesamten Länge teilte. So etwas hatte er noch nie zuvor gesehen und diese kleine Erhebung war auch noch besonders weit nach vorn ausgeprägt.

Endlich erreichte er das Bett und legte sie vorsichtig darauf ab, dann umrundete er seine Schlafstätte und kniete sich auf seine Hälfte.

Ingrid blickte ihn mit ihren großen Augen an. Die waren nicht so groß, wie die von Ariana, hatten aber wunderschöne lange Wimpern.

Ein fragender Ausdruck lag darin und die Röte des gerade erlebten Orgasmus auf ihren Wangen machte sie nur noch attraktiver. Über sie gebeugt begann er sie erneut zu streicheln und er fühlte, wie sie sich seiner Hand regelrecht verlangend entgegendrückte.

Der fragende Gesichtsausdruck wich einem wissenden, sie schloss abermals die Augen und gab sich einfach nur dem Genuss hin.

Ein leises Keuchen verließ dabei ihren halb geöffneten Mund und die dabei vor sinnlichem Verlangen bebenden Lippen waren so verlockend, doch er hatte sich ja vorgenommen, sie nicht zu küssen!

Ihre anderen Lippen hatte er allerdings zuvor bereits mit dem Mund berührt.

Sanft glitten seine Finger über ihren Leib und seine Lippen setzte dieses Spiel danach fort.

Langsam zog er mit dem Zeigefinger ihre Spalte vom Venushügel entlang nach unten, wie in Zeitlupe glitten dabei ihre Schenkel auseinander und gaben seiner Hand dadurch etwas mehr Platz.

Er wollte feststellen, wie weit sie war und ob sie bereits so feucht war, dass er in sie eindringen konnte.

Sacht glitt er mit der Fingerspitze zwischen ihre Labien und streifte dabei ihren Kitzler, wobei Ingrid stöhnend zusammenzuckte.

Aber sie war nicht nur feucht, sie war nass und ihr Schoß schien förmlich auszulaufen.

Er war mit seinem Streicheln viel zu weit gegangen, ein Stoß würde jetzt genügen und sie käme abermals, doch das wollte er weder ihr noch sich selbst antun. Sie mussten möglichst zusammen zum Höhepunkt kommen, damit dass mit dem Kind etwas werden konnte.

Damit musste sie jetzt erst ein zweites Mal kommen, bevor er weitermachen konnte.

Seine zweite Hand umfasste ihre Brust und der andere Zeigefinger tauchte in ihre Scheide ein. Bedächtig rieben beide Hände an ihr und Ingrids Stöhnen wurde immer lauter.

Schließlich spürte er, wie sie sich verspannte und er wurde schneller. Unablässig trieb er sie auf den nächsten Höhepunkt zu!

„Mein Gott! Mir kommt's gleich nochmal!", stöhnte sie und kurz darauf bäumte sie sich im Bett auf.

Mit einem spitzen Schrei kam sie und wurde vom Orgasmus regelrecht überrollt.

Unkontrolliert zuckte sie und drückte sich aufbäumend und stöhnend seiner Hand entgegen.

Es dauerte eine Weile, bis sie sich wieder beruhigt hatte.

Ingrid blickte ihm in die Augen und flüsterte: „Jetzt bin ich bereit und locker!"

Es sollte wohl die Aufforderung für ihn sein, dass er weitergehen konnte, und dasselbe sagte ihre gesamte Körperhaltung bereits ohne Worte aus, denn sie spreizte ihre Schenkel noch weiter.

Er kniete sich dazwischen, aufmerksam und lüstern von ihr beobachtet, brachte er sein etwas erschlafftes Glied schnell auf die benötigte Härte, doch der Ausblick auf ihren blanken, feuchten und vor Lust tiefroten Schambereich sorgte dafür, dass sein Penis bereits nach zwei Handbewegungen so steif war, dass es schmerzte.

Ingrid zog sie Knie an, nickte ihm zu und er legte sich auf sie. Er tastete sich an den Eingang ihrer Scheide heran, tauchte ein Stück in sie ein und Ingrid seufzte dabei auf.

Betont langsam glitt er tiefer, bis er ganz in ihr verschwunden war. Sie war eng und das würde es ihm erleichtern, trotz ihrer sehr feuchten Scheide in ihr kommen zu können.

Dann wechselte er die Richtung und glitt fast vollständig aus ihr heraus, bevor er abermals in sie glitt.

Langsam und mit tiefen Bewegungen trieb er sie auf den nächsten Orgasmus zu, den sie aber am besten mit ihm zusammen erleben sollte, denn das erhöhte die Wahrscheinlichkeit auf eine Schwangerschaft um ein Vielfaches.

Ingrid lag mit halb geschlossenen Augen unter ihm, sie war völlig in ihrem Gefühl und ihrer Lust gefangen.

„Schneller!", hauchte sie schließlich und kam ihm mit dem Becken entgegen.

Sofort kam er ihrer gehauchten Aufforderung nach und passte seine Geschwindigkeit der ihren an.

Es war ein geiles Gefühl, so in ihr zu stecken, aber eigentlich war das gerade ziemlich gefährlich, denn er sollte hier ja nur eine Aufgabe übernehmen und sich nicht in sie verlieben!

Er spürte, dass es wohl ein sehr gefährlicher und schmaler Grat war, auf dem er hier wandelte, denn Ingrid war Simones Partnerin und das hier war rein freundschaftlich!

Freundschaft plus sozusagen!

Doch dann schaltete der Verstand ab und die Hormone übernahmen die Steuerung.

Schneller, härter und tiefer stieß er zu, Ingrids Schnaufen wurde lauter und alles trieb augenblicklich auf einen gemeinsamen Gipfel zu.

Bei jedem Stoß schlugen seine Hoden auf ihre glatt rasierte und empfindliche Vulva und mit diesem Bild im Kopf explodierte er schließlich in ihr.

Stöhnend, jammernd und schnaufend spritzte er ihr seinen Samen tief in den Leib.

Beim ersten Schub kam auch Ingrid, sie wimmerte regelrecht und krallte sich in seinen Rücken.

Schub um Schub füllte er sie und es schien kein Ende nehmen zu wollen.

Jetzt griff wohl auch noch Mutter Natur ein, denn Ingrid zog instinktiv sein Glied mit ihren Beinen hinter seinem Hintern besonders tief in sich, während er immer noch zuckend in ihr kam.

Und Ingrid kam erneut, auch sie schien kein Ende finden zu wollen.

Gegenseitig trieben sie sich weiter.

Das war nicht mehr das abgesprochene Geschäft zwischen zwei Freunden, das war Lust und Leidenschaft auf höchstem Niveau!

Hemmungsloses Verlangen und grenzenlose Gier!

Endlich versiegte der Strom und auch Ingrid kam langsam zur Ruhe.

Schnaufend lagen sie übereinander und blickten sich in die Augen. Ihre Lippen waren so nah und wunderschön und dann passierte das, was er unbedingt verhindern wollte: Ingrid hob ihm ihren Kopf entgegen und sie küssten sich.

Leidenschaftlich, stürmisch und mit Zunge!

Und er ließ es zu.

War es Betrug an seiner Beziehung zu Ariana? Eigentlich schon, aber gerade war das Glück viel zu tief in ihm. Und offenbar auch in ihr, denn Ingrid strahlte nur so in seinem Arm.

17. Kapitel
Andersherum betrachtet

Noch immer zitterte Ingrid, blickte zu Richard auf, der über ihr lag, und stöhnte: „Oh, mein Gott!"

Es sollte nur eine Gefälligkeit sein, aber es war das Geilste gewesen, was sie jemals mit einem Mann im Bett erlebt hatte, einfach nur der Hammer!

Langsam glitt Richard aus ihrem Schoß, rollte sich neben sie auf sein Bett und die Realität holte sie wieder ein: Sie war mit Simone zusammen und die Aufgabe war erfüllt!

Schnell wollte sie aus dem Bett flüchten, doch Richard hielt sie an der Schulter zurück.

„Für das Kind wäre es besser, wenn du jetzt noch eine Weile einfach nur liegen bleibst, damit nicht alles wieder unnütz aus dir herausläuft!", erklärte er.

Das war wohl sehr schlau von ihm, denn wenn sie an den Unterricht in Biologie zurückdachte, dann musste es hinauf und nicht nach unten.

Richard zog sie in seinen Arm, deckte sie sorgsam mit einer Decke zu und auch das fühlte sich hervorragend an.

Sie war behütet und beschützt, nichts konnte ihr geschehen, doch diese Nähe war auch gefährlich!

„Simone wartet aber auf mich!", versuchte sie sich selbst zu überzeugen, um ihm zu entkommen und dadurch dem Zauber zu entgehen, der bereits von ihm auf sie überging.

„Meine Schwester wartet auch noch zehn Minuten länger. Die weiß ja, wo du bist!", erklärte er ihr fast flüsternd.

Richard roch auch noch so wundervoll und die gerade erlebten Glücksgefühle wogten noch immer durch ihren Körper.

„Eva hat damals danach sogar immer noch einen Kopfstand gemacht, als wir Naomi gezeugt haben!", setzte er fort.

Ihre Nase war nahe an seinem Hals, viel zu nahe!

„Warum habe ich dich nicht vor fünf Jahren kennengelernt!", stöhnte sie auf.

„Da war ich noch nicht so weit. Bis zu Ariana habe ich noch zu tief in meiner Trauer um Eva gesteckt!", entgegnete Richard und zog sie noch näher an sich heran.

Dieses Gefühl, so nackt, Haut auf Haut, unter der wärmenden Decke war sehr schön.

Zum Sterben schön!

Ihre Hand tastete sich unter der Decke zu ihrer Vulva und sie spürte an den Fingerspitzen seinen Samen, der dort mit der Feuchte ihrer eigenen Lust vermischt war.

Richard war so gut gewesen!

„Woher weißt du so gut, was Frauen mögen?", flüsterte sie.

„Eva hat es mir beigebracht. Dieses langsame, bedächtige und gefühlvolle. Mit Vorspiel und allem Drum und Dran! Sich gemächlich darauf vorbereiten, bis man es einfach nicht mehr aushält! Vor ihr war ich wohl ähnlich, wie deine früheren Freunde. Rein, raus, abspritzen und fertig, aber so ist es doch für uns beide viel schöner. Oder?"

„Und wie!", hauchte sie.

Durch die Nähe spürte sie ihn abermals sehr deutlich und war kurz davor, sich an ihn zu verlieren.

„Ich muss jetzt wirklich los!", offenbarte sie schließlich, als die Lust sie abermals übermannen wollte und setzte hinzu: „Das mit dem Kopfstand mache ich dann mit Simone, die hilft mir sicherlich dabei!"

Richard nickte, widersprach nicht und fast ärgerte sie sich darüber. Hätte er sie nicht aufhalten und noch einmal zum Stöhnen bringen können?

Er zog die Decke von ihr fort und gab sie einfach wortlos frei.

Langsam stieg sie aus dem Bett, zog sich an und auch Richard streifte sich seine Sachen wieder über.

Sie warf noch einen letzten sehnsuchtsvollen Blick auf das Lager ihrer unbändigen Lust, dann trat sie in den Flur und folgte Richard zur Haustür.

Dort gab er ihr die Hand und das war ein so seltsames und surreales Gefühl, nach den vergangenen Stunden der Leidenschaft.

„Na dann, bis morgen Abend!", äußerte er.

„Morgen? Warum?", erwiderte sie und ging in Gedanken ihren Terminkalender durch, aber da war kein Familientreffen geplant und Spieleabend war auch erst am Samstag.

„Wenn das etwas werden soll, dann müssen wir die drei Abende vor und nach deinem Eisprung Sex haben, dann ist die Wahrscheinlichkeit, dass es gelingt, am größten", erklärte er.

Da er bereits drei Kinder gezeugt hatte, wusste er wohl, wie es ging und daher widersprach sie ihm nicht. Und innerlich freute sie sich schon ein wenig, auf eine Wiederholung dieser Ekstase.

„Na dann! Bis morgen!", sagte sie gespielt gelassen und gab ihm einen Kuss auf die Wange.

Richard schloss die Tür, sie ging zu ihrem Wagen und setzte sich auf den Fahrersitz.

Irgendwo in ihr bahnte sich sein Sperma gerade den Weg in ihre Gebärmutter. Die schiere Menge dessen, was er ihr in den Unterleib geschossen hatte, ließ sie gerade bei diesem Gedanken aufstöhnen.

Der Kopfstand fiel ihr wieder ein, sie startete den Motor und fuhr heim.

Leise betrat sie die Wohnung, denn es war weit nach Mitternacht. Ariana und Naomi schliefen eng umschlungen auf dem Sofa.

Ohne Schuhe und auf Zehenspitzen schlich sie ins Schlafzimmer hinüber.

„Und wie war es?", fragte Simone aus der Dunkelheit und schaltete die Nachttischlampe an.

Sicherlich wollte die Freundin keinen erschöpfenden Bericht und daher sagte sie nur leise: „Gut! Der erste Teil der Aufgabe ist erfüllt."

„Der erste Teil?", erkundigte sich Simone.

„Ja! Ich muss noch Handstand machen, wo ich doch so eine sportliche Niete bin. Und morgen muss ich noch mal zu Richard! Er hat gesagt, dass ich dreimal mit ihm Sex haben muss. Das klingt wie im Märchen mit der guten Fee!", erklärte sie und versuchte zu scherzen.

„Okay", gab Simone ihr nur lapidar zurück.

„Hilfst du mir?", fragte Ingrid und legte ihre Sachen ab.

„Wobei?"

„Na beim Handstand!", entgegnete Ingrid und warf sich das Nachthemd über.

„Na klar! Aber im Nachthemd?", erwiderte Simone.

„Wieso nicht?"

„Na, weil das herunterrutscht! Da kannst du auch nackt Handstand machen!", antwortete die Freundin und half ihr.

Einen Augenblick später lehnte sie kopfüber am Kleiderschrank und das Nachthemd folgte wirklich der Schwerkraft.

Simone saß vor ihr im Bett und betrachtete sie.

„Du siehst auch andersherum zum Anbeißen aus!", flüsterte die Freundin.

„Das kann ich nur zurückgeben!", entgegnete sie ihr von unten.

Eine halbe Stunde später lagen sie aneinander gekuschelt unter der Decke im Bett, das Licht war aus und diese Nähe zu Simone war auch schön, aber im Kopf war sie gerade erneut bei Richard.

Hatte sie all die Tage zuvor gezögert und mit sich gehadert, ob sie zu ihm gehen sollte, oder doch lieber nicht, da konnte sie es im Moment eigentlich kaum noch erwarten, dass es der nächste Abend wurde.

War das noch Teil der Gefälligkeit?

Die Hormone des Eisprunges?

Oder Liebe zu Richard und damit ein Betrug an Simone und Ariana?

Vielleicht ein Teil von allem, aber wer sollte ihr verbieten, an dieser Pflicht auch ein bisschen Spaß zu haben?

Ein bisschen mehr, denn sie war an diesem Abend viermal gekommen.

Schön war es gewesen! Und ein Teil von Richard war noch in ihr.

18. Kapitel
Eine Falle für Micha?

Es war noch dunkel in der Wohnung und dennoch war Simone bereits erwacht. Das kleine Nachtlicht schickte nur einen schwachen Schein und trotzdem konnte sie Ingrids Gesicht gut darin erkennen.

Die Freundin schien glücklich zu sein und lächelte im Schlaf.

Wie jeden Tag erhob sich Simone leise, schlüpfte in ihre Joggingsachen und schlich mit den Schuhen in der Hand aus der Wohnung.

Auf der Treppe sitzend zog sie sich die Turnschuhe über, schaltete ihre Laufmusik im Handy an und setzte sich die Stirnlampe auf, dann eilte sie nach unten und lief zum nahegelegenen Stadtpark.

Es war seit vielen Jahren ihr festes Ritual zum Start in den Tag: Sie rannte eine Stunde lang zur Musik aus ihren Kopfhörern um den Teich, doch an diesem Morgen achtete sie nicht auf den Weg, weil ihre Gedanken ständig um etwas anderes kreisten: Sie dachte an sich und ihren Chef, sowie an Ingrid und Richard.

Am Abend zuvor war Ingrid bei Richard gewesen, wobei sie kaum etwas davon erwähnt hatte, und vielleicht war das auch ganz gut so, aber ihr Lächeln im Schlaf hatte Bände gesprochen.

In der vergangenen Woche hatte sie viermal Überstunden machen dürfen, wobei es mitunter auch nur eine halbe Stunde gewesen war, und zusätzlich war sie jeden Tag genau um neun Uhr für ein paar Minuten zu ihrem Chef gerufen worden, um ihm ein paar Handreichungen zu machen.

Micha, wie sie ihn jetzt bereits nennen durfte, hatte ihr noch nicht gesagt, wie oft sie ihm noch helfen sollte, bis die tausend Euro wieder abgegolten waren.

Ihm schien es zu gefallen, dass sie ständig für ihn auf Abruf stand und auch sie hatte Gefallen an diesen Treffen gefunden, aber da gab es eben auch noch den negativen Teil dieser zweifellos schönen intimen Meetings, denn da war diese Heimlichkeit, weil sie es niemandem erzählen durfte.

Noch nicht einmal Ingrid, aber so war die Abmachung mit Micha und er würde wohl kaum zögern, sie sofort zu entlassen, wenn sie sein Vertrauen missbrauchte!

Somit konnte sie nur abwarten, bis er es beendete! Obwohl dieses Versteckspiel natürlich auch für sie seinen Reiz hatte!

Sie war tief gespalten und gefangen.

Schnaufend jagte sie durch den jungen Morgen, bis der Wecker an ihrem Handgelenk piepste.

Eine ganze Stunde lang war sie in der Kälte gelaufen und dabei dennoch nicht viel schlauer geworden.

Konnte sie irgendetwas tun? Oder sollte sie es einfach aussitzen?

Sie trabte langsam zur Wohnung zurück, stieg die Treppe hinauf und ging ohne Schuhe auf Zehenspitzen zurück in ihr Schlafzimmer.

Naomi war ins Bett gekrochen, sie und Ingrid umarmten sich im Schlaf und das war solch ein göttliches Bild, dass ihr Herz dabei vor Rührung fast zerschmolz.

Würde es mit ihrem eigenen Kind auch mal so sein?

Vielleicht lebte es jetzt schon in Ingrids Schoß? Schweigend blickte sie in Ingrids lächelndes Gesicht. Sie sah bereits jetzt so selig und glücklich aus!

Aber was war mit ihr?

Wollte sie nicht auch mal Kinder haben?

Jetzt bohrte sich dieser Anblick wie ein Stachel in ihr Herz! Das war nicht fair!

Sie riss sich von diesem schmerzenden Bild los, legte leise ihre Sachen ab und schlich ins Bad.

Unter der warmen Dusche dachte sie abermals an Micha. In allen bisherigen Verabredungen war er bisher nur in ihrem Mund und ihrem Hintern gekommen.

Nur beim ersten Mal hatte er ein paar Stöße in ihrem Schoß gewagt, doch seitdem nicht mehr!

Warum nur?

Wollte er sich damit nicht erpressbar machen? Das war allerdings vollkommen unsinnig, denn sie wusste ja nun, dass er an seinem linken Hoden einen Leberfleck hatte.

Woher sollte sie das wohl sonst wissen? In ihrer Firma gab es keine gemeinsame Sauna und auch keinen anderen Ort, an dem man seinen Chef mit heruntergelassener Hose sehen konnte.

Wozu tat er es dann?

Warum ignorierte er ihre Scheide? Wenn er keine weiteren Kinder haben wollte, so hätte er ja auch Kondome benutzen können.

Der Gedanke an die eigenen Kinder sauste abermals durch ihren Kopf, denn am Sonntag hätte sie ihren Eisprung und wenn Micha in ihrem Schoß kam, dann könnte sie eventuell zusammen mit Ingrid schwanger sein.

Gedankenverloren seifte sie sich weiter ein und dachte dabei an ihren Abend zuvor: Nur ein paar Minuten hatte es gedauert, abermals hatte

Micha sie einfach umgedreht, gegen den Tisch gedrückt und sie einfach nur genommen.

Kein Streicheln, kein Kuss, keine Geste zu viel, nur hemmungsloser harter Sex von hinten!

Selbstverständlich war es ein geiles Gefühl, aber sie dufte dabei kein Wort sagen und er hatte ihr sogar den Mund zugehalten, als es ihr gekommen war.

Sein Verhalten war schon sehr seltsam, doch dann fiel ihr Ingrids Bemerkung von Morgen zuvor ein: Da hatten sie zusammen im Bad vor dem großen Spiegel gestanden und die Freundin hatte wieder einmal gesagt, dass sie von hinten, wie ein Mann aussah.

Im Gegensatz zu der kurvigen Ingrid war sie schlank, hatte nur kleine Brüste und war durch den täglichen Sport muskulös und kräftig geworden.

Und die kurzen Haare verstärkten diesen Eindruck wohl noch zusätzlich!

War es das, was Micha an ihr reizte?

Lebte er mit ihr eine Art von homoerotischer Illusion aus, indem er sie wie ein Mann von hinten nahm, aber dennoch mit einer Frau Sex hatte?

Möglicherweise, aber das würde ihr Unterfangen schwierig machen.

Sie würde dafür sorgen müssen, dass er so verrückt und scharf nach ihr wurde, dass er am folgenden Montag seine Beherrschung verlor und in ihrem Schoß kam.

Doch wie stellte man das wohl an?

Grübelnd seufzte sie, als die Tür der Duschkabine leise zur Seite glitt und Ingrid sich mit unter den Duschstrahl schob.

„Na? Gut geschlafen?", fragte Simone nach einem Kuss.

„Ja! Himmlisch! Ich habe von meinem Kind geträumt!", entgegnete Ingrid und legte eine Hand auf ihren Bauch.

„Noch zweimal! Ist mein Bruder wenigstens gut im Bett?", entgegnete sie.

Ingrid schmunzelte und sagte: „Ja! Sehr gut, aber das scheint in der Familie zu liegen!"

Ein neuer Kuss folgte unter der Brause.

Hier war ihr Glück, Micha war eigentlich nur Mittel zu Zweck! Oder war sie das nur für ihn?

Gemeinsam traten sie aus der Kabine, trockneten sich gegenseitig ab und zogen sich an.

Ariana stand bereits in der Küche und kochte Kaffee.

Irgendwie wich Ingrid der gemeinsamen Freundin aus, aber es war ja ebenso Arianas Entscheidung, dass Richard mit Ingrid ein Kind zeugte.

Schweigend saßen sie am Tisch, als Naomi verschlafen mit einer Puppe im Arm zur Tür hereinkam und sich die Augen rieb.

„Heute Abend kommt im Kino ein Zeichentrickfilm, der dir sicher gefällt!", sagte Simone zur Begrüßung.

„Ja?", fragte Naomi.

„Es geht um eine Eisprinzessin, ihre Schwester und einen vorwitzigen Schneemann namens Olaf", entgegnete sie und hob drei Karten hoch.

Sofort hing das Kind an ihrem Hals.

„Aber zuerst die Schule! Wasch dich und zieh dich an!", drängte Ariana das Kind jetzt zur Eile.

Naomi legte die Puppe auf den Tisch und rannte ins Bad.

„Was ist denn ein Schneemann?", erkundigte sich Ariana.

„Warte bis heute Abend!", entgegnete sie und klemmte die Kinokarten unter den Magneten an der Kühlschranktür.

Zu viert verließen sie die Wohnung und stiegen in das Auto.

Zuerst setzten sie Naomi an deren Schule ab, dann Ariana bei Richard und danach fuhren sie zur Arbeit.

Ingrid war schweigsam und hatte die Hand auch weiterhin auf ihrem Bauch.

Vermutlich führte sie eine innere Zwiesprache mit ihrem ungeborenen Kind.

Der Arbeitstag begann und wenig später kam der fast schon obligatorische Anruf der Sekretärin.

Auf dem Weg zu Micha ordnete sie noch einmal auf der Toilette ihr Haar sowie die Kleidung und ging dann zügig den schon gut bekannten Weg.

Doch statt der erwarteten schnellen Nummer zwischen zwei Telefonaten reichte ihr Micha ein Blatt und erklärte: „Da gibt es am Wochenende eine Weiterbildung und wenn du mich dorthin begleitest, wären danach deine Schulden beglichen! Morgen Mittag fahren wir los und sind Sonntagabend zurück!"

Er erwartete offensichtlich keine Zustimmung von ihr, denn er ließ sie einfach stehen und arbeitete unmittelbar weiter, ohne sie noch eines Blickes zu würdigen.

Mit dem Blatt in der Hand lief sie wieder zurück und las unterwegs das Programm. Die Weiterbildung fand in einem Hotel der Luxusklasse an der Ostsee statt!

Manche würden so etwas wohl als Auszeichnung für gute Leistungen ansehen, aber was hatte sie schon geleistet? Sie hatte ihren Chef zufriedengestellt, aber anders, als es wohl jeder dachte.

Inklusive Ingrid, die sich für sie freute.

„Die Ostsee im November! Schade, dass ich nicht mit dir mitfahren kann!", seufzte Ingrid.

Sie selbst war da etwas zwiegespalten.

Zumindest würde danach alles gut sein und wenn sie es geschickt anstellte, dann würde ihr Micha den Aufenthalt auch noch mit etwas Samen in ihrem Schoß vergolden.

War das eine Falle für ihn?

Nicht wirklich!

19. Kapitel
Nicht wie beim ersten Mal!

*D*iese Ankündigung, dass Simone am Wochenende nicht da sein würde, hatte sie ziemlich hart getroffen, denn in den vergangenen Monaten waren sie nie getrennt gewesen und jetzt würde die Geliebte mehr als zwei Tage nicht bei ihr sein.

Und dabei waren es auch noch die Nächte, in denen sie die Nähe der Freundin ganz besonders dringend gebraucht hätte.

Natürlich wusste sie, was so eine Weiterbildung für den beruflichen Fortschritt der Partnerin bedeuten konnte, aber musste das ausgerechnet jetzt sein?

Wenn am Freitag nicht ihre letzte Nacht mit Richard gewesen wäre, dann wäre sie einfach mit ihr an die Ostsee gefahren. Ein Platz zum Schlafen hätte sich dann schon noch irgendwo gefunden.

Es musste viel mehr als zwei Jahrzehnte her sein, dass sie dort das letzte Mal nackt im Sand gesessen und mit der Schaufel kleine Sandburgen gebaut hatte und am liebsten hätte sie das jetzt mit Simone wiederholt, wobei der November dafür wohl etwas zu kalt wäre, aber mit einem

Feuer im Kamin ließe sich das sicherlich verschmerzen.

Gedankenverloren blätterte sie die Broschüre der Weiterbildung durch, die auf Simones Schreibtisch lag. Das Hotel war eine Wucht und sie gönnte der Freundin den Aufenthalt dort.

„Grüße mir die Ostsee!", seufzte sie und schob Simone den Flyer wieder zurück.

Es wurde Feierabend und sie brachen gemeinsam auf.

Nach einem kurzen Stopp in ihrer Wohnung waren sie schon wenig später auch schon wieder auf der Weiterfahrt.

Simone hatte die Kinokarten mit und würde Naomi und Ariana mitnehmen, während Ingrid in der Wohnung bei Richard bleiben würde, bis der sie dann wiederum in ihre Wohnung zurückfahren würde, um dann Naomi und seine Partnerin dort abzuholen.

Ein komisches Gefühl blieb auf dieser Fahrt in ihrem Bauch zurück und noch immer wusste sie nicht, ob es wirklich richtig war, was sie hier tat.

Ein letztes Zögern auf dem Parkplatz vor Richards Haus, dann stieg sie aus dem Wagen, täuschte Entschlossenheit vor und ging mit Simone zur Tür.

Sie klingelten und Naomi öffnete ihnen aufgeregt. Sie hatte ein Stickeralbum dabei und zeigte ihnen schnell die Bilder des Filmes, den sie am Abend sehen würde.

Richard kam ihr entgegen, aber sie wich seinem Blick aus, den Händedruck nahm sie entgegen und abermals kam ihr diese formelle Geste komisch vor.

Sie trat an das Fenster, schaute in den Garten hinaus und dadurch musste sie weder Simone noch Ariana oder Richard in die Augen sehen.

Aber warum zögerte sie eigentlich?

Hatte sie es denn nicht beim Abschied am Abend zuvor im Grunde kaum noch erwarten können, wieder bei ihm zu sein?

Jetzt war sie hier und wagte dennoch nicht, ihm in die Augen zu sehen!

War es diese unbewusste Angst tief in ihr, sich mit Haut und Haar in ihn zu verlieben, sich an ihn zu verlieren?

Vermutlich und bis dieser letzte Funken Unvernunft in ihr nicht zum Schweigen gebracht war, durfte sie sich auch nicht umdrehen, denn sonst lief sie Gefahr, zwei Partnerschaften zu zerstören und vier Menschen damit ins Unglück zu stürzen.

Sie musste sich auf ihre Aufgabe konzentrieren: Sie wollte nur ein Kind und er war Simones Bruder!

Hinter ihr tobte das Kind im Raum umher und freute sich unbändig über den Kinobesuch.

Mit „Tschüss", und „Bis bald!", verabschiedeten sich alle voneinander, während sie stumm am Fenster stehengeblieben war.

Viel zu viele Gedanken waren in ihrem Kopf und diese mussten augenblicklich zum Schweigen gebracht werden, denn sie wusste ja, was zu tun war.

Sie hatte eine Aufgabe zu erfüllen und dieses Mal passten Schlüpfer und BH zusammen, die Unterwäsche war nichts Besonderes, aber dennoch mit Bedacht zuvor ausgewählt.

„Möchtest du ein Glas Wein haben?", fragte Richard, als er hinter sie trat.

„Ja! Das wäre nicht schlecht!", entgegnete sie und wandte sich ihm zu.

Er holte die Flache sowie zwei Gläser, mit denen sie wenig später am Couchtisch saßen.

„Glaubst du, dass es schon geklappt hat?", erkundigte sie sich nach dem ersten Schluck.

„Ich weiß es nicht. Möglich wäre es, aber genaues wirst du frühestens in einer Woche wissen", entgegnete Richard und blickte sie ziemlich durchdringend an.

Sie schlug verlegen die Lider nieder.

Gerade fühlte sie sich wieder wie damals als Schulmädchen beim ersten Date.

Was sollte das?

Sie war fast dreißig und eine gestandene Frau, sie hatte im Laufe der Jahre unzählige Verehrer im Bett gehabt und gerade genierte sie sich vor Richard?

„Möchtest du heute wieder vorher duschen?", erkundigte er sich und stellte das leere Glas auf dem Tisch ab.

Sie schüttelte den Kopf und damit kam jetzt wohl der Moment!

Behutsam stellte sie ihr Glas dazu, erhob sich vom Sofa und machte sich auf den Weg zum Schlafzimmer.

Gedämpfte Musik lief aus einem Radio und machte die Sache für sie momentan noch unangenehmer, denn diesen Schmusesong hatte sie auch bei ihrem ersten Mal im Radio gehört.

Irgendwie war das wohl so eine Art von Flashback und für einen Moment erstarrte sie regelrecht.

Die Bilder von damals waren wieder in ihrem Kopf. Einst, mit fünfzehn, mit Freddy auf der kleinen Wiese hinter dem Badeteich und das war vermutlich das schlimmste Mal überhaupt gewesen, denn es hatte höllisch wehgetan und Freddy hatte ihre verzweifelten Versuche, ihn von sich zu schieben, nicht wirklich verstanden.

Und jetzt stand sie hier und zitterte für einen Augenblick, bevor das Lied endete.

„Mach das bitte aus", stammelte sie und zeigte auf das Radio.

Mit den Worten: „Wollen wir dann?", begann Richard sie wieder an ihre Aufgabe zu erinnern.

Das war nicht sehr subtil!

Zögerlich nickte sie und knöpfte sich die Bluse auf. Ihre Kleidung landete sauber zusammengelegt auf dem Hocker neben dem Bett und abermals blickte sie sich fragend zu Richard um.

Er legte soeben ebenfalls seine Sachen ab und trat danach auf sie zu.

Allerdings würde Richard jetzt erst einmal Freddy aus ihrem Kopf vertreiben müssen, damit sie in die richtige Stimmung kam, denn momentan war sie unten so trocken, wie eine Wüste.

Das würde sicherlich ziemlich wehtun!

Richard nahm sie einfach in den Arm und hielt sie fest.

Woher hatte dieser Mann eigentlich diese Intuition, die sie bisher nur bei Frauen kennengelernt hatte?

Jeder andere Mann hätte sie jetzt schon auf das Bett geworfen und wäre bereits fertig.

Richard hingegen streichelte sie sanft, glitt mit seinen Fingerspitzen ihren Hals entlang und das doofe Gefühl verschwand langsam.

Er mied ihre Brüste bei der Reise seiner Finger auf ihrer langsam bebenden Haut und auch das fühlte sich fantastisch an.

Vorsichtig strich er ihr die Haare nach hinten, küsste zärtlich die Seite ihres Halses und ihre Beine knickten unter ihr weg.

Er hielt sie im Arm und setzte sie achtsam auf der Bettkante ab.

Dieser Mann war echt ein Traum und abermals fluchte sie innerlich, dass sie ihn nicht schon viel früher begegnet war.

Langsam setzte er sich neben sie und streichelte sie zärtlich, wobei er auch weiterhin alle gefährlichen Stellen weiträumig umging. Bauch, Arme, Hals und Oberschenkel wurden sanft bedacht, Brüste und Schoß ließ er abermals aus.

Mit diesem bedächtigen Streicheln konnte er sie wahnsinnig machen und dieses Aussparen ihrer intimen Stellen erregte sie mehr, als wenn er sie dort direkt berührt hätte.

Sie bebte regelrecht unter seinen Berührungen und diese Gänsehaut war echt der Hammer.

Als sie es dann nicht mehr aushielt, hauchte sie verlangend: „Mach es mir endlich!"

Unglaublich langsam zog Richard seinen Arm hinter ihren Schultern fort und sie fiel nach hinten um.

Mit dem Rücken im Bett liegend erwartete sie zitternd, dass er sich über sie schob und auch das geschah wie in Zeitlupe, und bevor er in sie stieß, prüfte er vorsichtig, wie feucht sie war.

Die paar Minuten des Streichelns hatten die Wüste belebt!

Sie lief förmlich aus, fieberte regelrecht seinen Bewegungen entgegen und stöhnte auf, als er sich endlich in sie schob.

„Mach schneller, ich komme gleich!", forderte sie ihn auf.

Richard steigerte sein Tempo und sie kam ihm keuchend entgegen.

Jeder Stoß des Mannes traf genau den richtigen Punkt in ihr, dann kam sie stöhnend und krallte sich in seinen Rücken.

Sie genoss es, wie er sie sanft durch ihren Orgasmus hindurch weitertrieb, bis er ebenfalls in ihr kam.

Seufzend nahm sie seinen Samen entgegen.

Es war vollbracht, der zweite Teil der Aufgabe war erfüllt und es war abermals einfach nur göttlich gewesen.

So hätte sie sich damals ihr erstes Mal gewünscht!

20. Kapitel
Freundschaft Plus!

Zitternd lag Ingrid in seinen Armen, im Licht der Nachttischlampe konnte er die blasse Röte auf ihrem Dekolletee erkennen und auch ihre Wangen hatten diese wunderbare Färbung bekommen.

Vorsichtig zog er sich aus ihr zurück und sie schnappte kurz nach Luft.

„Das war wieder einfach nur schön", sagte sie stöhnend.

Sie rollte sich zu ihm herüber, blieb diesmal aber liegen, damit die Natur ihren Lauf nehmen konnte.

Behutsam nahm er sie in seinen Arm, deckte sie vorsichtig zu und streichelte sie weiter, damit sie zur Ruhe kommen konnte.

Ingrid lag mit ihrem Kopf unter seiner Nase und sie roch so wundervoll. Das war kein Parfüm oder Shampoo, das war ihr natürlicher Eigengeruch und er war einfach nur himmlisch.

Die Wärme ihrer Haut und dieser Duft sorgten dafür, dass sein soeben noch schlaffes Glied eine Extrarunde drehen wollte, aber für diesen Tag war die Aufgabe erfüllt.

Allerdings lag sie so nah bei ihm, dass ihr das drückende Gefühl an ihrem Bauch kaum entgehen konnte.

Sie blickte zu ihm auf und schmunzelte.

„Da hat wohl einer noch nicht genug?", fragte sie und ließ ihre Zähne dabei aufblitzen.

„Ja, aber die Aufgabe ist für heute erfüllt!", seufzte er, obwohl auch er gern mehr gehabt hätte.

„Die Pflicht schon, jetzt kommt die Kür!", hauchte sie und riss die Decke von sich.

Behände hatte sie ein Bein über ihn geschwungen, war über ihn geglitten und ohne großen Widerstand auf sein schon pralles Glied gerutscht. Sie warf den Kopf zurück und stöhnte laut auf, als es vollständig in ihrem Schoß verschwunden war.

„Das ist die falsche Richtung!", seufzte er, aber er konnte sich der puren Erotik dieses Anblickes nicht entziehen.

Langsam begann Ingrid auf und abzugleiten, sie hatte die Augen geschlossen und keuchte dabei leise durch den halbgeöffneten Mund mit diesen wundervollen Lippen.

Sie sah so sinnlich aus und ihre makellosen Brüste wippten bei jeder Bewegung.

„Mein Gott, bist du eng!", jammerte er, als sie schneller wurde.

Kniend auf ihm ritt sie ihn, jede Hüftbewegung massierte seine Hoden und jeder Stoß ging ihm durch Mark und Bein.

Diese Frau war eine betörende Versuchung und er war kurz davor, sich mit Haut und Haar an sie zu verlieren.

Dabei war er doch mit Ariana zusammen!

Einerseits wollte er dies hier gerade nicht, aber andererseits hätte er sich momentan nichts Schöneres vorstellen können und seine Hormone übernahmen die Steuerung.

Das Bett knarrte immer schneller und Ingrids Stöhnen wurde lauter, sie trieb sich selbst voran und ihn dabei einfach mit sich mit.

Mit einem spitzen Schrei fiel sie schließlich auf seine Brust, jammerte und wimmerte in ihrem Orgasmus und presste ihn dabei zu seinem.

Er bäumte sich auf, als er ihr seinen Samen abermals tief in ihren Schoß abschoss.

Schnaufend lagen sie für eine Weile so übereinander, bis Ingrid die Augen öffnete und ihn mit verschleiertem Blick ansah.

Die letzten Wellen der Lust brandeten noch durch ihren Leib und sie war offensichtlich unfähig zu irgendeiner Handlung, deshalb griff er zu ihren Hüften und hob sie aus dem von ihr selbst gewählten Sattel.

Vorsichtig bettete er sie erneut neben sich und sie seufzte dabei auf.

„Das war so wundervoll", hauchte sie in sein Ohr und er würde ihr da sicherlich sofort zustimmen.

Zumindest innerlich, denn in Wirklichkeit waren sie ja nur Freunde und durch Simone schon bald miteinander verwandt!

Gab es tatsächlich Freundschaft zwischen Männern und Frauen? Freundschaft plus sicherlich, wie seine derzeitige Position ja eindrucksvoll bewies.

Streichelnd glitten seine Fingerspitzen über ihren Oberkörper und liebkosten ihre Brüste, die sich ihm sofort erneut verlangend entgegendrückten. Er wollte sie nicht aus dem Bett entlassen, aber er musste es tun, denn Ingrid gehörte zu Simone. Punkt!

„Das Kino ist gleich zu Ende!", flüsterte er.

Ingrid bestätigte das mit einem kläglichen Seufzer, denn offensichtlich wollte sie dieses Lustlager auch nicht gern wieder verlassen, doch was sein musste, das musste nun mal auch geschehen.

„Wir haben ja noch einen Abend!", erzählte sie.

Es klang klagend und fordernd zugleich.

Er erhob sich zuerst aus dem Bett und reichte ihr ihre Sachen.

Langsam und auf dem Bettrand sitzend, zog sie sich wieder an. Ihre Augen waren dabei permanent auf ihr gerichtet und dieser sinnlich verklärte Blick hätte ihn sofort wieder schwach werden lassen, aber er musste stark bleiben. Für Ingrid, Simone und auch Ariana!

„Denkst du dann noch an deinen Handstand?", fragte er sie, als sie sich vom Bett erhob.

„Ja! Natürlich. Das mache ich!", gab sie ihm zurück.

Sie trat auf ihn zu, hob ihren Kopf ein Stück und ihre verlockenden vollen Lippen waren den seinen so verdammt nahe, doch er musste sich dieses Kusses verwehren, denn sonst würde alles aus ihm herausbrechen.

Ohne Kuss war es Freundschaft, mit Kuss Liebe!

„Simone ist ja morgen auf ihrer Weiterbildung an der Ostsee", bemerkte Ingrid wie beiläufig, aber darin schwang im Unterton die Bitte um eine ganze Nacht mit.

Zusammen einschlafen und auch miteinander aufwachen.

War das dann noch Freundschaft? Oder wuchs dabei die Gefahr?

Er holte ihre Jacke von der Garderobe und abermals wie beiläufig erklärte Ingrid: „Naomi und Ariana könnten ja dann die ganze Nacht in der leeren Wohnung bleiben!"

Auch das war mehr Forderung und Flehen, als es unter Freunden so natürlich sein könnte.

„Ich werde die beiden mal fragen", entgegnete er ausweichend.

Ingrids Augen blitzten auf und sie ließ sich in die Jacke helfen.

Wenige Augenblicke später saßen sie in seinem Wagen und fuhren schweigend durch den frühen Abend.

Die Zeit des Abschiedes nahte und eigentlich wollte er sich nicht von ihr trennen.

Doch er musste es tun! Zu viel stand hier auf dem Spiel!

Vor dem Hause standen Ariana mit Simone und Naomi und unterhielten sich angeregt. Offensichtlich bemerkten sie nicht einmal, dass er neben ihnen anhielt.

„Na dann, bis morgen Abend!", sagte er zu Ingrid und hielt ihr die Hand hin.

Diese Geste fühlte sich seltsam an, wo sie sich doch vor kurzem noch so nahe gewesen waren.

Ingrid nahm seine Hand und nickte ihm wortlos zu.

Einen letzten Moment zögerte sie, dann stieg sie aus und ging zu ihrer Freundin.

Ariana umarmte Ingrid, die dabei ziemlich überrascht aussah.

Sie warf noch einen letzten Blick zu ihm, dann ging sie mit Simone in ihr Haus und Naomi kletterte hinten in den Wagen.

Ariana stieg zu ihm nach vorn und während sie sich küssten, begann Naomi von hinten aufgeregt von dem Trickfilm zu erzählen.

Die Normalität des Familienlebens hatte ihn eingeholt und verdrängte das Verlangen auf Ingrid.

Ein letzter Blick zu dem erleuchteten Fenster der Wohnung seiner Schwester, dann wendete er den Wagen und fuhr zurück.

21. Kapitel
Kein Date!

Entspannt lag Ingrid in der Wanne und blickte zur Decke des Bades hinauf. Momentan war sie noch gelöst, aber die Gedanken um das, was sie tun wollte, kreisten seit Tagen ständig durch ihren Kopf.

Simone war jetzt sicher schon an der Ostsee und in einer Stunde würde sie aufbrechen müssen, um zu Richard zu fahren.

Aber war es noch ein Muss?

Zwei Abende, eigentlich nur wenige Stunden, waren es gewesen, die da etwas in ihr verändert hatten.

Gravierend verändert!

Ihr Bild von den Männern an sich und von Richard im Besonderen.

Versonnen dachte sie an den Abend zuvor zurück und schämte sich gleichzeitig fast dafür, aber Richard war ein Zauberer, ein Mann, wie man ihn eventuell unter Millionen nur ein einziges Mal fand.

Oder erlebte nur sie das so?

Am ersten Abend hatte sie ewig gebraucht, um sich auf ihn einzulassen, am zweiten war es schon schneller gegangen, trotz der dummen Erinnerung an ihr erstes Mal mit Freddy, und momentan brauchte sie nur an ihn und seine sinnlichen Berührungen zu denken und es kam ihr fast dabei.

Das war doch nicht normal!

Sie stand auf Frauen und war mit Simone zusammen!

Aber in weniger als einer Stunde würde sie ihm erneut gegenübertreten: der Versuchung pur!

„Ach, Simone!", seufzte sie.

Wie sollte das weitergehen?

Bei jedem Besuch, den sie zukünftig bei ihrem Schwager machte, würden diese ekstatischen Stunden sofort in ihrer Erinnerung sein.

Warum hatte sie sich dazu überreden lassen, zu Richard zu gehen und nicht in eine Klinik? Bei einem anonymen Samenspender wäre eventuell alles gut gewesen.

Oder eben auch nicht!

Der Schaum hatte sich bereits aufgelöst, sie setzte sich auf und strich mit der Hand durch das warme Wasser.

Ihr Blick fiel auf das Handy, welches auf dem Wannenrand lag. Sie hatte sich zuvor im Internet schlau gemacht. Die Eizelle war nur etwa einen Tag lang lebensfähig und die Samenfäden ebenfalls, es war immer noch mehr als fraglich, ob beides bereits aufeinandergetroffen war und sich zu einem neuen Wesen vereinigt hatte, doch wenn dem so war, dann war dieser kleine Klumpen neuen Lebens jetzt gerade irgendwo unterhalb ihres Nabels unterwegs und wenn nicht, dann würde sie dieses Schauspiel in 26 Tagen wiederholen.

Nach den Auskünften auf den Seiten war dieser dritte Abend nicht mehr nötig, aber sie würde für nichts in der Welt auf die folgende Nacht verzichten wollen.

Was war da nur in ihr los?

Sie liebte Simone und mochte Richard.

Oder umgedreht?

Ihre Gefühle waren momentan mehr als verwirrend!

Sie erhob sich aus der Wanne, zog den Stöpsel, trocknete sich langsam ab und ihr Blick wanderte dabei alle dreißig Sekunden zur Uhr, wie viel Zeit ihr noch blieb.

Vor dem Spiegel föhnte sie sich die Haare und drehte sich Locken ein, im Kleiderschrank suchte sie danach eine Weile, bis sie die passenden Sachen gefunden hatte.

Zwei Tage zuvor war ihr die Unterwäsche völlig egal gewesen, gestern hatten BH und Slip farblich zusammengepasst und jetzt lagen ein teures Spitzenbustier und ein dazu passender, mit Spitze besetzter, Slip auf ihrem Bett.

Rote Reizwäsche für einen Freund?

Bevor der Zweifel sie abermals überrollen konnte, zog sie die Wäsche an, prüfte den Sitz im Spiegel und suchte nach einem Kleid.

Es waren noch zwanzig Minuten, sie stand mit dem Mantel im Arm an der Garderobe und zögerte ein letztes Mal.

Die Wohnung war leer, Ariana war mit Naomi im nebenan gelegenen Stadtbad zum Schwimmen und hatte bereits am Tag zuvor den Wohnungsschlüssel bekommen.

Die beiden würden die Nacht hier verbringen und sie in Richards Armen.

Etwas lockte sie zu ihm und etwas anderes wollte sie davon abhalten, doch bevor es sie innerlich zerreißen würde, zog sie sich den Mantel an und brach auf.

Eine Stufe nach der anderen lief sie die Treppe langsam hinab.

Insgeheim hoffte sie, dass das mit der Schwangerschaft noch nicht geklappt hatte, denn dann gab es im nächsten Monat noch einmal die Aussicht auf drei heiße Nächte und einen Moment später schämte sie sich für diesen Gedanken.

Im Auto sitzend richtete sie im Spiegel ihre Haare und fragte sich gleichzeitig, warum sie das alles tat. Es war doch nur eine Gefälligkeit unter Freunden. Oder?

„Es ist kein Date!", sagte sie laut vor sich hin.

Sie schob den Zündschlüssel ins Schloss und startete den Motor des Wagens.

Jetzt musste sie sich allerdings beeilen, um noch pünktlich zu sein.

Es zog sie zu Richard und sie fuhr durch den beginnenden Abend.

Es war November und damit eigentlich nicht die Zeit für Liebespaare, die sich unter freiem Himmel trafen, und dennoch sah Ingrid sie allenthalben am Straßenrand. Pärchen überall, die sich umarmten, küssten oder Händchen haltend durch den kalten Abend gingen.

Na klar, es war Freitagabend, aber musste ihr das jetzt so offensichtlich auffallen?

„Es ist kein Date!", stöhnte sie auf und bog von der Hauptstraße ab.

Als sie vor Richards Haus anhielt, klingelte das Telefon, Simone berichtete von dem Hotel und im Hintergrund war deutlich das Rauschen der Ostsee zu hören.

Während des Gespräches hatte sie aber ständig die hell erleuchteten Fenster der Wohnung im Blick. Sie hätte mit Simone stundenlang erzählen können, doch etwas zerrte sie in die Wärme dieser Wohnung hinein.

„Ich muss jetzt!", sagte sie und Simone wünschte ihr viel Glück.

Das klang etwas makaber und sie starrte das verlöschende Display noch ein paar Sekunden lang an, bevor sie zum Hauseingang lief und klingelte.

Richard öffnete, gab ihr zur Begrüßung die Hand, half ihr aus dem Mantel und sie richtete ihm zuerst die Grüße seiner Schwester aus.

Es war ja kein Date!

Die beiden Gläser und der Wein standen abermals auf dem Couchtisch bereit, doch wenn es bereits geklappt hatte, dann war Alkohol wohl das falsche Mittel, um in Stimmung zu kommen.

Sie setzte sich, schob das Glas zur Seite und bat um etwas stilles Wasser, welches Richard ihr sofort holte.

Er beugte sich über den Tisch, um es ihr zu geben und sie versank in seinen Augen.

„Das ist kein Date!", brüllte sie ihr Verstand an, aber das Gefühl und die Vorfreude machten bereits ihren Schoß feucht.

Im Reflex legte sie ihm ihre Hand in den Nacken und zog ihn zu sich.

Ihre Lippen fanden sich und dieser Kuss war der Himmel!

Der Verstand wurde umnebelt und sagte kein Wort mehr. Hier war er völlig nutzlos.

Es war ein Date!

Wozu hätte sie sonst die sexy Unterwäsche gewählt?

Sie ließ die Hand sinken und Richard blieb in diesem Kuss. Über den Tisch gebeugt stand er vor ihr, faste nach ihrer Hand und zog sie vom Sofa.

Mit einer Bewegung hob er sie blitzschnell auf seine Arme und trug sie eilig aus dem Wohnzimmer.

„Zuerst duschen?", fragte er im Flur stehend.

Sie schüttelte den Kopf, denn ihr Schoß pulsierte bereits und der ganze Unterleib kribbelte vor Erwartung auf das, was diese Nacht bringen würde.

Was Richard wohl für Augen machen würde, wenn sie gleich das Kleid fallen ließ?

22. Kapitel

Schwager und Schwägerin

Passiv räkelte sich Ingrid vor ihm auf dem Laken, sie trug eine feine rote Unterwäsche, die auf ihrer blassen Haut ganz besonders gut zur Geltung kam.

Dieser Anblick war verführerisch und dennoch zögerte Richard, denn was als Hilfe für die Schwester und deren Partnerin begonnen hatte, das hatte eine Wendung genommen, die er nicht beabsichtigt hatte.

Befürchtet ja, aber nicht gewollt!

Hatte er es geahnt?

Vielleicht schon, denn es war genauso gekommen, wie er es am ersten Abend erwartet hatte.

Irgendwie hatte er sich in Ingrid verliebt, aber das sollte er nicht, denn sie war Simones Partnerin und er hatte hier nur einen Job zu erfüllen!

Alles war komplett aus dem Ruder gelaufen und augenblicklich lag diese wunderschöne Frau vor ihm, hatte die Augen halb geschlossen und dieser wundervolle Mund, der ihm diesen zauberhaften Kuss geschenkt hatte, sagte leise: „Komm endlich zu mir!"

Er hatte es nicht gewollt, denn es sollte nur Sex unter Freunden sein.

Einfach eine Gefälligkeit für die Schwester!

Und jetzt?

Das hier war die letzte Nacht mit Ingrid!

Definitiv!

Am nächsten Morgen würden sie sich voneinander, wie Freunde, verabschieden und danach auch nur noch wie Schwager und Schwägerin leben.

Doch diese Nacht sollte etwas Besonderes werden und das war wohl auch Ingrids Absicht, denn solch eine Unterwäsche trug man nicht einfach nur so.

Er streifte sich die Unterhose ab und kniete sich auf das Bett.

Seufzend hob ihm Ingrid ihren Oberkörper entgegen und dieser verführerische Mund mit dem roten Lippenstift kam ihm schon wieder so unheimlich nahe.

Es war zu gefährlich, aber er konnte nicht entweichen und er wollte es auch nicht.

Ihre Zunge tastete sich in seinen Mund und wurde dort schon gierig erwartet, seine Finger wanderten über ihren Leib und Ingrid schien zu glühen.

Allerdings war es kein Fieber, sondern das pure Verlangen, welches ihren bezaubernden Körper erhitzte.

Behutsam schob er jeweils einen Finger an den Seiten ihres Slips unter das Band, Ingrid hob ihren Hintern an und er zog das sicherlich sehr teure Stoffstück behutsam über ihre Hüften.

Als er es von ihren Beinen streifte, kam Ingrid explosiv und laut stöhnend zu ihrem ersten Orgasmus an diesem Abend.

Sie bäumte sich auf und zuckte unkontrolliert.

Er zog sie in seine Arme und hielt sie fest, während sie schnaufend wieder zur Ruhe kam.

„Oh mein Gott, was geschieht hier?", fragte sie keuchend.

„Nichts, was du nicht willst!", flüsterte er ihr ins Ohr.

Ein neuer Kuss folgte und er fragte sich dabei selbst, ob er das hier wirklich wollte.

Ingrid ließ sich nach hinten fallen und zog ihn über sich. Vor Lust bebend hob sie ihm erneut das Becken entgegen und sah ihn fast flehend an.

Dieser Blick schaltete auch bei ihm alle Bedenken ab und Jahrmillionen alte Instinkte übernahmen die Kontrolle, denn hier sollte ein neues Leben gezeugt werden!

Er schob ihr seinen Unterleib entgegen, sein pralles und schmerzhaft erigiertes Glied berührte den Eingang ihrer Scheide und Ingrid stieß mit ihrem Becken zu.

Sie war noch so erregt, dass sie dabei erneut stöhnend kam.

Es war der erste feuchte Orgasmus einer Frau, den er erlebte und das, wo er doch eigentlich den Eingang verschlossen hatte. Ihre Lust lief an seinem Schaft aus ihr heraus und durchnässte das Laken unter ihrem Hintern.

Inzwischen war es auch für ihn zu spät, denn ohne Kopf und Verstand bewegte er sich in ihr und stieß tief und hart in ihren Schoß.

Jede Bewegung führte zu einem schmatzenden Geräusch und jeder Stoß ließ sie wimmern.

Ingrid fiel von einem Höhepunkt in den nächsten.

„Mach endlich! Spritz ab, ich kann nicht mehr!", flehte sie, aber er war noch nicht so weit.

Klatschend prallten ihre beiden Leiber aufeinander, sie krallte sich in seinen Rücken und der Schmerz ihrer Fingernägel brachte ihn immer wieder aus dem Takt.

Entschlossen packte er ihre Handgelenke, presste diese neben ihrem Kopf auf das Laken und ihr Stöhnen wurde nur noch lauter.

„Jetzt!", brüllte er und schoss seinen Samen ab.

Ingrid zuckte zusammen, nahm wimmernd alles entgegen und ihr Becken bewegte sich dabei weiter und holte sich auch noch den letzten Tropfen aus ihm heraus.

Keuchend fiel er auf sie, ließ ihre Hände los und augenblicklich umarmte Ingrid ihn.

Japsend hielten sie sich beide eng umschlungen fest, ihre Lippen suchten abermals seinen Mund.

„Das war der pure Wahnsinn!", seufzte sie, nachdem ihr Kopf kraftlos auf das Bett zurückgefallen war.

Zärtlich streichelte er ihre Wange, glitt mit den Fingerspitzen über ihren Hals nach unten, zog danach die Konturen ihres Bustiers nach und rutschte zur Seite, um ihre Brüste besser verwöhnen zu können.

Sanft küsste er ihre heiße Stirn und bemerkte, wie sie langsam vor Erschöpfung einschlief.

Er hielt sie in seinem Arm und dachte nur: „Was für eine Frau!"

Gleichzeitig wurde ihm soeben aber auch alles wieder bewusst.

Er hatte sie nicht nur geküsst, er hatte sie auf die Stirn geküsst!

Das war eine Geste, die er bisher nur bei Eva und Ariana nach dem Sex gemacht hatte.

Er hatte wirklich einen Dämon heraufbeschworen und der war inzwischen in ihm. Nie wieder würde er Ingrid mit der Leichtigkeit ihrer bisherigen Freundschaft entgegentreten können.

Und was sollte er jetzt Simone und Ariana sagen?

Es war schier zum Verzweifeln!

Ingrid fing leise zu schnarchen an und er zog die Decke über ihren erhitzten Leib.

Ohne sich von ihr zu lösen, griff er zum Schalter der Nachttischlampe und schaltete diese aus.

Die Dunkelheit umfing sie beide, die Erschöpfung zog auch seine Augen zu und er schlief mit ihr ein.

Auch im Traum waren sie sich nahe. Ingrid hatte ein Kind auf ihrem Schoß und Richard erwachte aus dem Traum.

Noch war es dunkel und Ingrid schlief an ihm geschmiegt. Er wusste, dass er aus dieser Nummer nicht mehr herauskam, denn jedes Mal, wenn er das soeben gezeugte Kind ansah, würde er an diese drei Nächte denken müssen!

An Ingrid und wie explosiv sie gekommen war. Ihr würde es vermutlich genauso gehen.

Und Simone? Ariana?

Es hatte mit einer Gefälligkeit begonnen und jetzt konnte daran auch diese Familie zerbrechen.

Jetzt konnten eigentlich nur noch harte Fakten alles retten: Er würde Ariana heiraten und Simone Ingrid.

Vielleicht in einer Doppelhochzeit im Frühjahr? Gleich am nächsten Tag würde er Ariana fragen.

Er nahm Ingrid fester in seinen Arm und hielt sich an ihr fest.

23. Kapitel

Ostseewellen

Simone rannte am Strand entlang, es war noch früh am Morgen und die ersten Sonnenstrahlen trafen auf die Brandung, die sich ein paar Meter neben ihr auf dem Sand am Ufer der Ostsee verlief.

Gelegentlich schwappte eine Welle bis zu ihr und löschte hinter ihr die Spuren wieder aus.

Die letzte Nacht war unspektakulär gewesen und ihre Gedanken flogen zum Tag zuvor.

Gegen Mittag waren sie von der Firma mit Michas Sportwagen aufgebrochen, er hatte den kleinen silbernen und extrem schnellen Flitzer nicht geschont. Schon nach knapp drei Stunden waren sie an der Ostsee gewesen.

Wäre es nicht Freitag mit dem erhöhten Verkehrsaufkommen rund um Berlin gewesen, dann hätte er die Strecke wohl weit unter zwei Stunden genommen!

Das Quartier jedenfalls war einfach eine Wucht und hielt, was der Flyer versprochen hatte: ein weißes Traumhotel direkt am Strand.

Es lag nur wenige Kilometer von dem Ort entfernt, an dem sie als Kind oft mit den Eltern

Urlaub gemacht hatte und von dem sie soeben auf dem Sandstrand zurückrannte.

Die Luft war kalt und herrlich!

Die Massage, die Micha ihr am Nachmittag zuvor bezahlt hatte, war ebenfalls einfach nur schön gewesen.

So entspannt hatte sie sich noch nie zuvor gefühlt und es hatte auch keinen gestört, dass sie dabei einfach eingeschlafen war.

Im Gegensatz zu Micha, der hier eine großzügige Suite bewohnte, war ihr Zimmer klein und dennoch gemütlich.

Es hatte eine Verbindungstür zu seiner Suite und es gab wohl auch keinen Schlüssel zu dieser Pforte.

Nach dem Abendessen waren sie dann in seinem Zimmer gewesen, wo er ihr noch die geplante Weiterbildung erklärte: Am Samstag von neun bis 16 Uhr und am Sonntag noch einmal bis 14 Uhr, danach ging es dann wieder heim.

Und nachdem Micha ihr ziemlich ausladend den Plan der nächsten zwei Tage nahegebracht hatte, hatte er sie auf das Bett gedrückt und ihr sehr schnell und rabiat seinen, zugegebenermaßen äußerst prachtvollen, Schwanz in den Darm geschoben.

Diese Diskrepanz zwischen vertraulicher Vorsorge, kollegialem Gespräch und danach ziemlich rauen und schon fast brutalem Sex wollte ihr so rein gar nicht in den Kopf.

Irgendetwas stimmte mit Micha wohl nicht, aber es blieb ihr noch eine Nacht und sie wäre endlich wieder frei.

Zumindest dann, wenn er Wort hielt.

Das weiße Gebäude kam in Sicht, allerdings färbte es die Morgensonne momentan in ein zartes Rosa.

Schnaufend machte sie vor dem Hotel ihre Lockerungsübungen und ging dabei in Gedanken den Tag noch einmal durch: zuerst das Frühstück, dann die Schulung und danach?

Und auch die Idee mit dem Kind fiel ihr soeben wieder ein, doch dazu musste sie vermutlich all ihre Überzeugungskraft einsetzen, damit Micha überhaupt wahrnahm, dass sie auch noch einen anderen Zugang zu ihrem Unterleib besaß.

Gerade kam Micha gejoggt. Auch er hatte den Tag mit einem Lauf begonnen.

Sie nickten sich freundlich zu und gingen gemeinsam auf ihre Zimmer. Oder besser: ihr Zimmer, denn der Durchgang war ja jederzeit offen.

Jeder duschte in seinem Bad und wenig später waren sie wieder zusammen auf dem Weg nach unten zum Frühstück.

Die Auslage war reichhaltig und es gab Joghurt und Obst in allen Farben und Geschmacksrichtungen, dazu Kaffee und Ei.

Nach ihrem obligatorischen neun Uhr Termin bei Micha in dessen Suite begann die Weiterbildung pünktlich, war ziemlich interessant und auch sehr lehrreich.

Gespannt lauschte sie den Ausführungen des Dozenten, der dabei auch noch ein neues Programm für die Buchhaltung vorstellte.

In der Mittagspause kam sie mit dem Mann darüber ins Gespräch und tauschte sich dabei mit ihm noch viel intensiver aus, aber im Augenwinkel bemerkte sie auch, dass Micha sie permanent und sehr aufmerksam beobachtete.

War es berufliches Interesse als ihr Chef?

Oder eine Art von Eifersucht, weil sie hier mit dem ziemlich attraktiven Mann redete?

Irgendwie flirtete sie wohl auch mit ihm, denn wenn Micha ihren Schoß heute erneut verschmähte, dann hätte sie damit noch ein zweites Eisen im Feuer. Ein extrem begehrenswertes und sichtlich an ihr interessiertes!

Am Ende der Schulung für diesen Tag lud Micha sie in die Sauna ein und obwohl sie eigentlich beabsichtig hatte, zuerst den erstklassig ausgestatteten Fitnessraum zu besuchen, lehnte sie diesen Wunsch ihres Chefs natürlich nicht ab.

Noch hatte er sie in der Hand, aber sie informierte sich schon mal vorsichtig nach der Zimmernummer des Dozenten!

Wenig später saß sie mit einem Tuch um die Hüften im Dampfbad, ein halbes Dutzend anderer Gäste befand sich ebenfalls in dem Raum und Micha setzte sich ihr genau gegenüber.

Das erste Mal sah sie ihn damit ohne Anzug. Er war wirklich sehr attraktiv und auch äußerst muskulös.

Seine breite Brust machte Lust zum Anlehnen und seine Bauchmuskeln waren klar definiert. Ein typisches Sixpack, in das wohl jede Frau gern ihre Finger gegraben hätte und diese Oberarme konnten einem schon sicher halten.

Das wäre bestimmt ein guter Vater für ihr Kind!

Obwohl man in der Sauna eigentlich schweigen sollte, unterhielt sie sich schwitzend mit ihm über das neue Programm, um sich irgendwie von seiner Statur abzulenken.

Micha stellte ihr die Leitung der Abteilung in Aussicht, wenn ihr Abteilungsleiter in ein paar Jahren in Rente ging.

Das Gespräch setzte sich fort und sie konnte dabei ihre Begeisterung für das neue Programm nicht verhehlen.

Immer wieder versuchte sie Micha mit zum Teil auch kecken Worten zu erklären, was sie dadurch für eine Effektivitätssteigerung in ihrer Abteilung erreichen konnten.

Die anderen Männer und Frauen in dem Raum mussten bei ihren überschwänglichen Erklärungen mitunter schmunzeln, denn auch sie waren in der Weiterbildung gewesen und kannten das Programm damit ebenfalls.

Während dieser Unterhaltung verließen die anderen Gäste nach und nach den Raum, bis sie dann irgendwann allein mit Micha in dem Schwitzbad saß.

Kaum war die Tür hinter dem letzten Mann geschlossen, da schlug das Gespräch um oder besser, es erstarb sofort.

Micha erhob sich eilig, zog sie von ihrem Sitzplatz, riss ihr das Handtuch von der Hüfte, drehte sie um und noch bevor sie es richtig begriffen hatte, hatte er ihren Oberkörper nach vorn gedrückt und stieß bereits mit ziemlicher Kraft äußerst rabiat in ihren Hintern.

Es war offenbar die pure Eifersucht auf ihr Gespräch mit dem Dozenten, die Micha momentan mit Härte und schmerzhaft in sie rammte.

Die ganze Zeit des Gespräches hatte sie nicht bemerkt, dass er wohl schon seit einer geraumen

Weile eine ziemlich große Erektion unter dem Hüfttuch verborgen hatte.

Sie stützte sich auf dem Lattenrost ab und erduldete mit zusammengebissenen Zähnen den erbarmungslosen Ansturm ihres Chefs.

Stöhnend stieß er sich in sie, hielt sie dabei an den Hüften fest und es dauerte nur ein oder zwei Minuten, dann schoss er ihr seinen Samen tief in den Darm.

Nutzlos verschwendetes Sperma!

„Entschuldige bitte!", japste er und zog sich aus ihr zurück.

Über die Schulter hinweg blickte sie zu ihm zurück. Jeden anderen hätte sie jetzt angeschrien oder zusammengeschlagen, aber im Moment war sie Micha noch ausgeliefert.

Und trotz des Schmerzes war es geil gewesen und er ziemlich süß.

„Lade mich zum Abendessen ein und wir sind dafür wieder quitt!", erklärte sie und drehte sich zu ihm um.

Micha nickte und reichte ihr das Handtuch.

Abermals hatte er nur ihren Hintern bedacht und während ihr die Möglichkeit für ein Kind gerade nutzlos am Bein herunterlief, fragte sie sich in Gedanken, wie sie es bloß anstellen konnte, dass er auch in ihren Schoß stieß.

24. Kapitel

In seinen Gedanken

*D*iesen Anblick hatte Ariana nicht erwartet. Sie stand im Rahmen der offenen Schlafstubentür und schaute in den halbdunklen Raum hinein.

Es war früh um neun Uhr, die ersten Sonnenstrahlen fielen durch die halb geschlossenen Gardinen in das Schlafzimmer und trafen genau das Bett.

Eng umschlungen lagen Richard und Ingrid darin, schliefen noch und dieser Anblick gab ihr einen Stich ins Herz!

Aber was hatte sie eigentlich erwartet?

Vielleicht alles andere als das da?

Nur warum?

Als Nixe sollte es doch das normalste der Welt für sie sein, dass sich ihr Mann mit allen verfügbaren Weibchen paarte.

War sie wirklich durch das Zusammenleben mit Richard zu einem Menschen geworden, wie es Lunara vermutet hatte?

Ingrid war ihre Freundin und sie hatte Richard sogar dazu geraten, das da mit ihr zu tun.

Und was war jetzt?

Vielleicht war es etwas anderes, es zu sagen, als es so leibhaftig vor sich zu sehen?

Naomi knallte oben in ihrem Zimmer mit der Tür und Richard erwachte.

Eine Sekunde später war auch Ingrid wach, sprang aus dem Bett und stand verwirrt halbnackt mitten im Zimmer. Ihre Augen suchten etwas, dann gab Richard ihr ihren Slip und Ingrid zog sich eiligst wieder an, aber die Freundin wich ihr mit ihrem Blick aus.

„Soll ich Kaffee kochen?", fragte Ariana, um das betroffene Schweigen zu brechen.

„Ja, gern", antwortete Richard und zog sich ebenfalls an.

Sie ging langsam und grübelnd zur Küche.

Natürlich war ihr klar gewesen, was hier geschah, aber was war jetzt mit ihr los?

Nachdenklich schaltete sie die Maschine an, durchforschte ihre Gefühle und versuchte darin eine Ordnung hineinzubekommen.

Was würde geschehen, wenn sie Ingrid einfach als Nixe ansehen würde? Vielleicht konnte das helfen!

Die Freundin trat in die Küche und nahm fast verlegen die Tasse von ihr entgegen. Bisher war Ingrid immer so selbstsicher gewesen und augenblicklich sah sie scheu in ihren Kaffee.

„Wir bleiben doch aber Freundinnen?", fragte sie vorsichtig.

„Natürlich! Was denkst du denn? Es war auch meine Entscheidung", antwortete Ariana, war sich allerdings nicht ganz sicher darüber, ob dem wirklich so sein würde.

Der Anblick der halbnackten Freundin in ihrem Schlafzimmer wollte soeben nicht mehr aus ihrem Kopf.

„Möchtest du noch mit uns Frühstücken? Simone ist ja nicht da?", erkundigte sie sich.

Ingrid blickte zur Uhr.

„Ja! Ich wollte sie eigentlich auch noch anrufen, aber ihre Weiterbildung hat leider bereits begonnen!", entgegnete die Freundin.

Schnell deckten sie zusammen den Tisch, aber Ingrid war nicht so gesprächig wie sonst.

Richard kam pfeifend die Treppe von oben herab. Er war wohl gerade bei seiner Tochter gewesen und trat jetzt in die Küche.

Es war auffallend, wie Ingrid auch seinem Blick auswich. Verlegen zupfte sie ihren Kleiderkragen zurecht, der aber perfekt lag.

Naomi kam von oben gerannt und flitzte zu ihrem Platz.

Das Frühstück begann und mittendrin fragte Richard sie plötzlich: „Ariana, möchtest du mich heiraten?"

Es war Ingrid, die sich bei dieser Frage verschluckte und hustend am Tisch saß.

Sie selbst konnte für einen Moment keinen klaren Gedanken fassen.

„Heiraten? Du willst mich heiraten?", fragte sie nach einem Moment des Schweigens.

„Ja! Das möchte ich!", entgegnete er.

„Ich fände es auch super!", gab Naomi zu verstehen und biss in ihr Marmeladenbrot.

„Du weißt aber schon noch, dass ich keine Papiere habe?", antwortete sie ihm.

„Da findet sich sicherlich ein Weg!", erklärte Ingrid.

„Ich möchte ja nicht abgeschoben werden, wie es Elani droht!", begann Ariana und blickte in ihre Tasse.

„Ich habe nichts. Nicht mal eine Geburtsurkunde. Woher auch? Niemand weiß, dass ich existiere und bei euch Menschen ist es ja so, dass man nur mit einem Ausweis wirklich lebt!", erklärte sie weiter und erstarrte.

Hatte sie gerade: „Bei euch Menschen", gesagt und damit unfreiwillig verraten, dass sie kein Mensch war?

Vorsichtig hob sie den Blick.

Offenbar hatte es aber keiner bemerkt und schnell musste sie jetzt davon ablenken.

„Wie macht sich denn eigentlich Elani bei dir auf der Arbeit?", fragte sie Richard.

„Die ist wirklich super! Felix ist regelrecht begeistert von ihr und in der nächsten Woche wollen wir einen afrikanischen Tag in unserem Restaurant machen. Mit Rezepten aus ihrer Heimat!"

„Na, wenn das mit der Arbeit passt, dann käme jetzt ja der zweite Schritt!", erwiderte Ariana.

„Du meinst die Wohnung?", entgegnete Richard.

Ariana nickte und begann: „Du hast ja oben das eine Zimmer neben Naomi. Das ist unbewohnt und vielleicht könnte Elani dort erst mal unterkommen?"

„In dieser Gerümpelkammer?", fragte er zurück.

„Gerümpel lässt sich beräumen!", entgegnete Ingrid ihm.

Nach dem Frühstück räumten sie zu viert das Zimmer auf.

Es dauerte bis weit nach dem Mittag, dann war es ein kleiner, aber sehr wohnlicher Raum geworden.

Noch vor dem Abend war Elani eingezogen und am Abendessen nahm auch Ingrid teil.

Es schien so, als ob sie das Haus nicht mehr verlassen wollte, doch danach verabschiedete sie sich von ihnen allen.

Ariana sah ihr noch einen Moment von der Tür aus zu.

Ingrid schien wie verloren auf dem Parkplatz zu sein, aber sie gehörte zu Simone!

War das schon wieder so eine komische Ansicht eines Menschen, die eigentlich gar nicht zu ihr passen würde?

Schnell lief sie ihr hinterher und umarmte Ingrid an ihrem Auto noch einmal.

„Kommst du morgen früh zum Frühstück zu uns?", fragte sie und Ingrid stimmte gern zu.

Der Abend begann, dann nahm Elani Naomi mit nach oben, um ihr eine Geschichte aus ihrer Heimat zu erzählen.

Damit war sie jetzt zum ersten Mal an diesem Tag mit Richard allein in einem Raum. Sie setzte sich zu ihm und sagte: „Ich habe das Bett frisch bezogen. Wollen wir?"

Es war ziemlich direkt und eigentlich hätte Richard dabei etwas antworten müssen, doch er küsste sie einfach.

Es war schön, diese Nähe wieder zu spüren.

In den letzten Tagen war seine Aufmerksamkeit wohl mehr bei der Pflicht und der Freundin gewesen, aber ab jetzt war das Bett wieder ihr Platz.

Richard hob sie auf seine Arme und eilte mit ihr zum Schlafzimmer.

Gierig aufeinander rissen sie sich die Kleidung förmlich vom Leib.

Richard löschte das Licht, trat auf sie zu und während sie auf das Bett fielen, war er schon in ihren Schoß eingedrungen.

Wild und leidenschaftlich liebten sie sich in der Dunkelheit, dann kam Richard und stöhnte dabei: „Oh Ingrid, du bist so eng!"

Ariana warf ihr brutal von sich, schaltete das Licht an und richtete sich auf.

„Ich bin Ariana! Ich verlange nicht viel von dir, aber du solltest bei mir bleiben und nicht an andere Frauen denken, wenn du mit mir schläfst!", brach es laut aus ihr heraus, danach zog sie die Decke über sich, drehte sich von ihm fort und löschte das Licht.

Die Mondscheibe schien ihr ins Gesicht.

Hatte Lunara ihren wunden Punkt getroffen?

Sie wusste es nicht, aber sie fühlte, wie ihr Tränen in die Augen stiegen.

25. Kapitel
Eine sportliche Herausforderung

$\mathcal{J}$n dem wunderschönen roten Kleid, das Ingrid ihr vor Wochen geschenkt hatte, drehte sich Simone vor dem Spiegel in ihrem Hotelzimmer.

Obwohl sie schlank war, betonte diese Robe ganz wundervoll ihre Figur. Ingrid nannte es immer Zauberkleid, denn es war herrlich, fiel perfekt und umschmeichelte ihren Körper.

Dieser edle und sauteure Designerstoff war ihr auf den Leib geschneidert und sie trug keine Unterwäsche darunter.

Sie hatte in mühevoller Handarbeit ein ausgesuchtes Make-up aufgelegt, die Augen besonders mit einem zum Kleid passenden Lidschatten betont, das Mascara dezent aufgelegt, die Lippen dazu entsprechend nachgezogen und das alles hatte ewig gedauert.

Normalerweise schminkte sie sich nie, Ingrid war bei ihnen beiden diejenige, die sich mit Schönheitsmitteln so perfekt auskannte, doch das Ergebnis ließ sich gerade mehr als sehen und wenn Micha jetzt immer noch nicht registrierte, dass sie eine Frau war, dann musste sie zu härteren Bandagen greifen!

In ein paar Minuten würde er klopfen, um sie zum Abendessen abzuholen.

Grübelnd blickte sie sich zur Tür um. Sein Überfall auf sie in der Sauna war schon über zwei Stunden her und dennoch schmerzte ihr Hintern noch immer.

Sollte sie ihn einfach in den Wind schießen und den Dozenten mit ihrem nächtlichen Besuch beehren? Momentan hatte sie nicht übel Lust dazu, Micha einfach abblitzen zu lassen. Erst heiß machen und dann die kalte Schulter zeigen? Verdient hätte er es für diese schmerzhafte Überrumpelung im Schwitzbad!

Aber noch wollte sie ihm diese letzte Chance geben!

Wenn Kleid und Aufmachung versagten, dann würde sie Micha nur packen können, wenn sie an seine sportlichen Leistungen appellierte.

Oder daran zweifelte.

Vielleicht zweites, wenn sie an seine Oberarme und die Muskeln dachte.

Micha ging vermutlich ziemlich oft in ein Fitnessstudio und die Jungs dort standen permanent miteinander im Wettstreit.

Zu oft hatte sie die Männer dort beobachtet und belauscht, wie sie mit ihren Muskeln protzten oder mit ihren vermutlich erfundenen Frauengeschichten angaben.

Der Abend und seine Blicke würden ihr zeigen müssen, ob er sie als Frau wahrnahm, oder doch wieder nur als Kerl!

Aber auf die eine oder andere Art musste sie ihn einfach dazu bringen, auch ihren Schoß mit seiner Aufmerksamkeit zu bedenken.

Verführen oder provozieren!

Das war dann mal der Plan, die Worte würden später situationsbezogen kommen.

Ein letztes Mal drehte sie sich vor dem Spiegel, nickte sich selbst ermutigend zu und wartete.

Es klopfte, Micha trat ein und gab ihr wortlos die Hand.

Ein die Sinne betörender Duft hüllte ihn ein und er trug wieder diesen wundervoll sitzenden Anzug, mit gestärktem Oberhemd und Krawatte, ganz der Gentlemen, doch offenbar bemerkte er wieder nicht ihr aufwendiges Aussehen, zumindest sagte er nicht ein Wort dazu!

Männer! Es war zum Haare raufen!

Kein Wunder, dass Ingrid auf Frauen stand!

Langsam machte sich Wut und Verzweiflung in ihr breit. Konnte der nicht in seinem Fitnessstudio irgendeinen Kerl in den Arsch ficken? Sie war eine Frau und wollte wie eine solche genommen werden, auch wenn das andere bisher mitunter ebenfalls sehr schön gewesen war.

Ihre letzte Hoffnung lag jetzt beim Essen!

Zusammen stiegen sie zum Restaurant hinab und der kältere Wind des Abends sorgte wie beabsichtigt dafür, dass vermutlich jeder im Raum bemerken musste, dass sie keine Unterwäsche trug.

Zumindest deutete sie einige der Blicke der Männer in dieser Richtung, doch Micha ignorierte dies aus unmittelbarer Nähe, obwohl das Kleid obenrum hauteng war und sie momentan spürte, wie sich ihre Brüste anspannten.

Das folgende Essen war ein Gedicht in fünf Gängen und sie vermied bei der Konversation tunlichst jeden Verweis auf das Programm, was er offensichtlich bemerkte und daher lächelte.

Wenigstens etwas!

Das Dinner zog sich zwei Stunden dahin, wobei der Dozent zwei Tische weiter mit einer ziemlich heißen Blondine flirtete und damit ihre Möglichkeiten beschränkte, bis sie danach wieder auf ihre Zimmer hinaufstiegen.

In den 120 Minuten war kein einziges Wort über ihr Aussehen, das Kleid oder das exklusive Make-up gefallen. Sie hatte versucht, mit sexy Augenaufschlägen, verführerischen Gesten und sonst allem, was ihr nur eingefallen war, seine Aufmerksamkeit zu erlangen, aber es war aussichtslos!

Ingrid oder jeder andere Mann in dem Raum wäre sofort hemmungslos über sie hergefallen, er nicht!

Micha ignorierte alles, was sie tat!

Und dabei war es doch, nach seinen Worten, in dieser Nacht das letzte Mal, dass er mit ihr Sex haben würde.

Sie musste alles auf eine Karte setzen, oder sie würde leer ausgehen.

Vor der Zimmertür entschuldigte sie sich mit der Bemerkung, sich frisch machen zu wollen, kurz von ihm, atmete in ihrem Bad tief vor dem Spiegel durch und rief danach bei Ingrid an.

Es wurde allerdings nur ein kurzes Gespräch, bevor sie durch die Tür zu Micha in dessen Suite ging.

Er saß mit einem Glas Whiskey in einem Sessel und fixierte sie regelrecht, aber nicht eine Geste von ihr hatte bisher etwas genutzt. Ihn jetzt irgendwie verführen zu wollen wäre wohl ebenfalls nutzlos und fiel damit schon mal aus.

Sie würde es also mit der Provokation versuchen, bevor er in ein paar Minuten mit ihr fertig war!

Langsam ging sie auf ihn zu und suchte immer noch nach den richtigen Worten, um ihn an seinem Ehrgeiz zu packen.

Sollte sie ihn beleidigen und dadurch reizen?

Aber das war mehr als riskant, denn er war immer noch ihr Chef und hatte damit ihr Leben in der Hand. Zumindest irgendwie!

Oder sollte sie ihm lieber eine Wette vorschlagen? Das war vermutlich weniger gefährlich für sie!

„Was sollte das eigentlich vorhin in der Sauna sein?", fragte sie, obwohl sie mit dem Essen im Grunde genommen dafür bereits quitt waren.

Er schwieg und trank aus seinem Glas, keine Antwort war auch eine.

Also doch die Wette?

Dazu musste sie sich jetzt aber auf eine Ebene hinabbegeben, auf der sich die Jungs im Studio meist befanden: vulgär und direkt!

Sie beugte sich etwas vor und fragte: „Ich kenne diese Sorte Kerle aus dem Sportclub. Das sind alles nur Schlappschwänze. Große Worte und nichts dahinter. Du bist auch so einer und ich kenne diese Geschichten von euch Machos."

Micha fiel der Unterkiefer herab und er stellte das Glas zurück.

„Du bist auch nur so einer, der herum protzt und bei dem es nur für eine schnelle Nummer reicht! Oder bist du anders? Beweise es! Aber ich glaube nicht, dass du mir in einer Nacht in alle drei Löcher spritzen kannst!", setzte sie hinzu und richtete sich wieder auf.

Er schien anzubeißen, zumindest wenn es nach seinen Augen ging.

„Wollen wir wetten, dass du es nicht schaffst?", forderte sie ihn auf.

„Um was wollen wir wetten?", antwortete er.

„Wenn ich gewinne, dann werde ich Abteilungsleiterin!"

„Und wenn du verlierst?"

„Dann melde ich mich eine Woche lang täglich um neun zum Rapport bei dir und mache jeden Abend bei dir Überstunden!", entgegnete sie und stützte einen Arm in die Hüfte.

„Abgemacht!", erklärte er und erhob sich von seinem Platz.

Micha löste sich die Krawatte und warf sie hinter sich.

„Zuerst werde ich dir dein vorlautes Mundwerk stopfen! Brauchst du das Kleid noch? Dann zieh es aus!", äußerte er drohend.

Sie trat einen Schritt zurück, streifte die Träger von den Schultern und das Kleid glitt über ihre Hüften zu Boden.

Micha drückte sie an den Schultern auf die Knie.

Hatte sie zu viel gewagt?

Zumindest hatte er diese sportliche Herausforderung angenommen und sie nicht sofort gefeuert. Jetzt blieb nur zu hoffen, dass er auch wirklich die Ausdauer hatte, die sie von ihm erwartete.

Er schaute zu ihr herab, zog sich die Jacke aus und warf das sicher sauteuere Stück Kleidung achtlos auf den Sessel hinter sich.

Während er sie hämisch angrinste, öffnete er sich den obersten Knopf des Hemdes und anschließend den Reißverschluss seiner Hose, sein wundervoll geformter und von dicken Adern überzogener Penis sprang ihr dabei praktisch direkt ins Gesicht.

Nur einen Wimpernschlag später hatte er ihr mit beiden Händen an den Hinterkopf gegriffen und seinen Unterkörper nach vorn gestoßen.

Dieser erste Stoß traf sie tief und ging bis fast in ihre Kehle, aber den einsetzenden kurzen Würgereiz konnte sie zum Glück überwinden.

Micha nahm keine Rücksicht auf sie, sein Ehrgeiz war geweckt und ihr Zweifel schien in ihm zu brennen, denn er nahm sie gnadenlos ran.

Immer wieder stieß er tief in ihren Mund und dieses Gefühl, ihm so vollkommen ausgeliefert zu sein, reizte sie ungemein.

Einerseits fühlte sie sich einfach benutzt, aber andererseits war diese Empfindung auch völlig geil und machte ihren Schoß dezent feucht.

Seine heftigen Bewegungen ließen sie vor Verlangen sabbern und mit einem besonders tiefen Stoß ergoss er sich in ihrem Hals.

An der Menge hatte sie mächtig zu schlucken und hoffentlich war noch genug für einen zweiten Schuss in seinen prallen Hoden.

„Nummer eins!", sagte er triumphierend von oben und ließ ihren Kopf los.

Er trat einen Schritt zurück, knöpfte sich das Hemd auf und öffnete seinen Gürtel.

Sie erhob sich, griff sich das halbvolle Whiskeyglas und spülte mit dem scharfen, aber sehr guten Getränk den Geschmack seines Spermas herunter.

„Auf zu Runde zwei!", äußerte er, nachdem er sich etwas umständlich die Hose von den Beinen gezogen hatte.

Damit wäre jetzt endlich ihr Schoß an der Reihe.

Hoffentlich, denn der schrie jetzt schon nach ihm.

Micha packte ihre Hand und zog sie daran zu seinem Schlafzimmer, wo er sie ziemlich rabiat auf sein Bett warf und vor ihr stehen blieb.

Ihr Blick ruhte jetzt auf seinem erschlafften Glied. Konnte er noch einmal? Sie brachte sich für ihn in Position und beobachtete ihn weiter, während er vor ihr mit ein paar schnellen Handgriffen sein Glied wieder zum Stehen brachte.

Schließlich legte er sich über sie und stieß sofort in ihren Schoß.

Abermals nahm er keine Rücksicht auf sie, es ging ihm nur noch um die Wette!

Hart, schnell und tief stieß er zu, aber er war in ihrer Scheide!

Wenn er jetzt da auch noch kam, dann hatte sie gewonnen und nicht er.

Sie zog die Knie so weit wie möglich nach oben, damit er sie besonders tief treffen konnte, er hielt ihre Handgelenke neben ihrem Kopf fest und sie spürte, wie dieser dicke Schwanz immer wieder in sie glitt.

Diese tiefen Stöße waren irre, ihre Position war eigentlich perfekt, gelegentlich traf er dabei wohl auch ihren Muttermund und das war genau die Stelle, wo sie ihn haben wollte.

Das war wirklich verrückt und sie keuchte vor Lust, aber noch musste sie die Kontrolle behalten, fallen lassen konnte sie sich später!

Als sie spürte, dass er gleich kommen würde, verschränkte sie die Beine hinter seinem Hintern, zog ihn noch tiefer in sich und mit einem lauten Schnaufen kam Micha direkt vor ihrem Muttermund!

Einen Schub nach dem anderen spitzte er ihr zuckend seinen Samen in den Leib und dieses gedankliche Bild, wie er sie mit seinem Sperma praktisch flutete, war einfach nur geil!

Sie hielt ihn in sich, bis Micha den letzten Tropfen in sie geschossen hatte.

„Nummer zwei!", stöhnte er und sie jubelte in Gedanken.

„Gewonnen!", sauste es durch ihren Kopf.

Mit Kraft zog er ihr die Beine auf, packte sie bei den Knien und drückte diese nach vorn, wodurch ihm ihr Hintern noch weiter entgegenkam.

Micha faltete sie fast zusammen, aber zum Glück machte sie regelmäßig Yoga in ihrem Fitnessstudio.

Ihre Beine lagen jetzt neben ihrem Kopf und diese Stellung nannte man wohl die Brücke!

Micha zog sich aus ihrem Schoß zurück, glitt ein Stück tiefer und setzte seine Eichel direkt auf den Muskelring, der ihren Hintern verschloss.

Diese Lage gab ihm die Möglichkeit, sie besonders tief zu penetrieren und sie konnte dabei mit einer Hand ihren Kitzler erreichen.

Mit der Kraft seines ganzen Körpers rammte er sich in sie hinein, sie stöhnte auf und rieb mit den Fingerspitzen an ihrem Kitzler, um kommen zu können.

„Wenn ich schon verlieren muss, dann will ich wenigstens auch meinen Spaß daran haben!", stöhnte sie.

Micha grinste sie immer noch hämisch an, während er Stoß für Stoß in sie trieb, das Bett gab quietschend nach und federte sie zu ihm zurück.

Als Micha ihr zuckend den Darm füllte, kam auch sie zum Höhepunkt, zwar ließ ihr diese Position keinen Platz für Bewegungen, aber die orgastischen Wellen durcheilten ihren Leib dennoch und schüttelten sie regelrecht durch.

„Nummer drei! Gewonnenen! Und jetzt zur Bonusrunde!", rief Micha laut und triumphierend aus, zog sich aus ihrem Anus zurück und klappte sie wieder in die richtige Position.

Was hatte er vor?

Er kniete zwischen ihren gespreizten Schenkeln und rieb sein Glied so schnell mit der Faust, dass es ihr schon beim Zusehen schmerzte.

Mit dem Ausruf: „Nummer vier!", spritzte er ihr die letzten zwei Schübe seines Samens auf den Bauch.

Schnaufend fiel er neben ihr in das Bett und war einen Augenblick später auch schon eingeschlafen.

„Ich habe gewonnen!", flüsterte sie, erhob sich und ging mit wackeligen Beinen auf ihr Zimmer.

Unterwegs nahm sie ihr Kleid auf und machte anschließend für eine viertel Stunde einen Handstand, bevor sie zufrieden lächelnd duschen ging.

26. Kapitel
Dem Trieb verfallen?

*E*ndlich war Ariana eingeschlafen und Richard sah zu ihr hinüber. Es hatte eine Weile gedauert, in der sie sich in den Schlaf geweint hatte und natürlich war es ein unverzeihlicher Fehler gewesen, mit ihr zu schlafen und dabei in Gedanken bei Ingrid zu sein!

Damit hatte er beide betrogen!

Ariana lag auf der äußersten Kante des Bettes mit dem größtmöglichen Abstand zu ihm und hatte jeden seiner Erklärungsversuche einfach nur ins Leere laufen lassen.

Die Entschuldigungen waren einfach an ihr abgeprallt. Hatte er damit die noch nicht mal geschlossene Ehe auch schon wieder zerstört?

Der Novemberregen trommelte an das dunkle Fenster.

Gerade war davor noch der Mond zu sehen gewesen, aber mit Arianas Tränen hatte auch der Himmel zu weinen begonnen.

Und es war seine verdammte Schuld!

Er hätte sich niemals auf diese verrückte Idee von Simone und Ingrid einlassen dürfen.

Jetzt zog ihn ein dringendes Bedürfnis aus dem Bett zum Bad hinüber, dort schob er die Tür auf und stand vor Elani, die gerade unter der Dusche gewesen war und im selben Moment ihm gegenüber die Kabine verließ.

Nackt standen sie sich auf einen Meter Entfernung gegenüber.

„Oh, entschuldige!", sagte er und drehte sich zur geschlossenen Tür zurück.

Jetzt hätte er gehen müssen, doch irgendetwas hielt ihn hier und er zögerte, denn der kurze Augenblick hatte das Bild ihres wunderschönen Körpers in seinen Kopf gebrannt.

Die dunkle Haut, die im Licht der kleinen Deckenlampe wie Samt schimmerte und die Tropfen, die von ihr abperlten.

„Du bist wirklich wunderschön!", bemerkte er und biss sich im selben Moment auf die Lippe.

„Danke dir, aber diese Schönheit hat mir bisher meist nur Kummer gebracht!", entgegnete Elani.

„Warum das?", fragte Richard nach und blickte über die Schulter zu ihr zurück.

Elani stand noch dort und trocknete sich gerade einfach weiter ab. Ihre dunklen Augen zogen seinen Blick von ihren wohlgeformten Brüsten in ihr Gesicht.

„Ich war schon als Kind sehr schön. Das hat wohl meinen späteren Mann auch dazu bewogen, mich mit vierzehn zu seiner Frau zu machen und das ziemlich brutal. Dann hat er mich all seinen Freunden präsentiert und mit mir geprotzt, doch er hatte wohl auch Angst, dass ich an anderen Männern gefallen finde. Und sie an mir und daher hat er mich eingesperrt! Irgendwann hat er dann angefangen, mich zu verprügeln. Siehst du hier?", sagte Elani, zeigte auf eine ziemlich große Narbe an ihrer Hüfte und sein Blick folgte ihrem Fingerzeig.

Doch seine Augen wanderten weiter und blieben auf ihrem Venushügel hängen.

Jetzt musste er gehen und umdrehen durfte er sich auch nicht mehr, denn er begann schon auf diese natürliche Anmut zu reagieren.

„Aber meine Schönheit hat mir auf meiner Flucht auch geholfen", erzählte sie weiter und warf das Handtuch zur Seite.

„Ich hatte kein Geld und daher musste ich mir die Transportmöglichkeiten verdienen, indem ich mit den verschiedenen Männern das Lager teilte. Davon dreimal mit dem Kapitän, der mich mit dem Schiff danach übers Mittelmeer gebracht hat!"

Irgendein Reflex bewog ihn augenblicklich, die Badtür zu verschließen.

War er denn jetzt völlig verrückt geworden?

Sein Blick wanderte an sich herab nach unten und die Antwort war: „Ja!"

„Ihr habt mich hier einfach so aufgenommen, mir geholfen und mir eine Zukunft gegeben. Ohne euch beide wäre ich jetzt vielleicht schon wieder im Flieger zurück nach Ghana!“, bemerkte Elani leise und trat einen Schritt nach vorn.

Mit den Fingerspitzen strich sie seine Wirbelsäule entlang nach unten und dieses Gefühl war verrückt!

Er musste hier fort, und zwar sofort, aber er konnte sich nicht mehr bewegen. Elani hatte ihn mit einem Zauber in ihren Bann gezogen!

Minuten zuvor hatte er Ariana so schlimm beleidigt und wenn er jetzt etwas mit Elani anfing, dann würde das die Freundin nur noch härter treffen.

Der Verstand wollte die Badtür wieder öffnen, aber der Trieb übernahm die Steuerung.

Warum hatte er sich nur darauf eingelassen, Elani in seinem Hause aufzunehmen?

Seine Lage wurde immer verzweifelter.

Elani schob sich noch näher, ihre Brüste drückten gegen seinen Rücken und ein Schauer durchlief ihn.

Ihre Hand glitt um seine Hüfte herum, ihre Finger schlossen sich um die schon mehr als schmerzhafte Erektion und sie packte zu.

„Ich möchte mich bei dir auch für die Arbeit bedanken!", flüsterte sie ihm ins Ohr und begann ihre Hand langsam auf und ab zu bewegen.

Er stöhnte gepresst auf, ihre zweite Hand schob sich über die andere Hüfte und begann seine Hoden zu kneten.

Solange er hier mit dem Rücken zu ihr stand, konnte er immer noch sagen, dass nichts geschehen war.

Elani wurde schneller.

Sein Verstand flüsterte: „Bleib einfach stehen und genieße es!", doch der Trieb brüllte ihn an: „Fick sie endlich!"

Die lautere Stimme gewann, er drehte sich zu ihr um, schob sie mit dem Rücken gegen die Fliesen der Badezimmerwand und hob eines ihrer Beine am Knie an.

Nur Zentimeter trennten somit seine Eichel von ihrer Scheide und ihn von der ewigen Verdammnis!

Jetzt war der letzte vernünftige Moment, den er Ariana noch hätte erklären können, doch die Vernunft verlor und er stieß zu.

Drei Stöße später ergoss er sich in ihr, glitt aus ihrer Scheide und ließ ihr Bein wieder los.

„Wir sollten es Ariana aber nicht sagen. Sie ist meine Göttin!", flüsterte Elani, nahm ihre Kleidung und verließ das Bad.

Verwirrt und noch immer vor Lust schnaufend blickte er ihr nach.

Langsam ließ er sich auf den Toilettensitz sinken und die Besonnenheit kam nur zögerlich zu ihm zurück.

Sollte er Elanis Ratschlag folgen? Oder es Ariana beichten?

Zweites würde wohl die Freundschaft der beiden Frauen zerstören und auch seine Beziehung zu Ariana sofort beenden.

Was war nur mit ihm los?

Grübelnd stützte er den Kopf in beide Hände.

Fünf Jahre lang hatte er wie ein Mönch in Askese gelebt und heute hatte er drei Frauen an einem Tag gehabt!

Das war doch nicht normal!

Sein Freund Felix würde es einen ganz normalen Tag nennen, aber er war doch anders. Er wollte eine stabile Beziehung zu Ariana haben.

War das jetzt überhaupt noch möglich?

Mit Elani unter seinem Dach? Die ständige Versuchung, die nur eine Etage über ihm soeben in ihr Bett ging?

Er lauschte auf ihre Schritte.

Elani war wirklich wunderschön und der Trieb versuchte ihn nach oben zu ziehen.

Wie stark war sein Wille, dem zu widerstehen?

Mit Elanis Bild vor seinen Augen bekam er die nächste Erektion.

„Elender Verräter!", sagte er leise nach unten.

Er musste sein Leben neu organisieren, bevor ihm hier alles um die Ohren flog.

Und er musste mit allen drei Frauen reden!

Unbedingt!

Er hob seinen Blick zur Decke des Bades und seufzte, denn das würde nicht einfach werden!

27. Kapitel
Sturmtage

*D*iese Nacht war ziemlich stürmisch gewesen, sowohl in der Suite, als auch direkt am Meer. Der Sonntagmorgen begann und es war noch ziemlich finster.

Simone lief am Strand entlang und die kleine Stirnlampe holte ihr immer nur ein winziges Stück des Strandes aus der Dunkelheit.

Andauernd wischte die schaumige Brandung der noch immer aufgewühlten See vor ihr weit über den Sand und ihre Turnschuhe waren mittlerweile völlig durchnässt.

Sie lief momentan vom Hotel fort, aber Micha würde sie wohl kaum entkommen, denn durch die verlorene Wette hatte sie sich ihm abermals ein paar Tage lang ausgeliefert, doch wenn alles geklappt hatte, und davon war momentan auszugehen, dann war sie im Moment schon schwanger.

Zumindest irgendwie.

Bei jedem Schritt dachte sie an diesen Abend zurück und fragte sich dabei andauern: „Habe ich zu viel gewagt?"

Wenn man so wollte, dann hatte sie ihren Chef beleidigt, um ihn herauszufordern.

Würde Micha ihr das nachtragen? Wenn ja, dann war sie in Not.

Hatte sie ihn richtig eingeschätzt? Er hatte sich auf die Wette eingelassen und es wie ein Spiel genommen. Damit blieb ihr nur zu hoffen, dass er das auch weiterhin so sah, aber zumindest hatte er gewonnen.

Sie ja irgendwie auch, wobei sie ihn natürlich unter keinen Umständen enthüllen konnte, dass sie ihm eine Falle gestellt hatte!

Und er auch noch blind vor Eifer hineingetappt war!

Ihre Gedanken flogen jetzt in den Süden zu Ingrid und sie dachte dabei daran, dass vermutlich auch die Freundin gerade schwanger war.

Sie würden die beiden Kinder gemeinsam austragen und gleichzeitig bekommen können.

Zweierlei machte ihr dabei allerdings Sorgen: wie sagte sie es Ingrid und wie Micha?

In ihre Grübeleien vertieft stolperte sie und fiel der Länge nach in den feuchten Sand, eine Welle schwappte bis zu ihr, überspülte sie und durchnässte sie bis auf die Haut.

„So ein elender Mist!", schimpfte sie und rappelte sich wieder auf.

Klatschnass stand sie am Ostseeufer und der Wind ließ sie sofort frieren. So konnte sie unmöglich weiterlaufen. Sie würde sich sonst an diesem kalten Novembermorgen den Tod holen!

Fluchend blickte sie sich um und suchte, worüber sie da eigentlich soeben gestolpert war. Der Lichtkegel der kleinen Lampe riss einen dunklen Stein aus der Finsternis.

Missmutig hob sie ihn auf, um ihn ins Meer zu schleudern, doch er war sonderbar leicht.

„Dich nehme ich mit!", erklärte sie und schob sich den Stein in die Hosentasche.

Jetzt wendete sie und rannte wie vom Teufel gehetzt zurück zum Hotel.

Mit den ersten Sonnenstrahlen traf sie dort wieder ein und prallte im Eingang mit Micha zusammen, der gerade aufbrechen wollte.

„Um neun bei mir zum Rapport!", bemerkte der Mann grinsend.

„Aber heute ist Sonntag!", entgegnete sie frierend.

„Du hast die Wette verloren! Eine Woche war ausgemacht!", äußerte er.

„Eine Arbeitswoche! Die geht von Montag bis Freitag!", maulte sie zitternd vor Kälte zurück.

„Davon war keine Rede! Wenn du nicht pünktlich bist, dann lege ich dich übers Knie und versohle dir deinen süßen Arsch!", antwortete Micha.

Er wartete nicht auf ihre Antwort und rannte los.

Missmutig wandte sie sich dem Eingang zu und dachte wieder an den Stein. Sie holte ihn heraus und wollte ihn zur Seite legen, aber der Brocken sah seltsam aus und glänzte im Sonnenlicht.

Mit dem Stein in der Hand betrat sie die Lobby.

„Oh! Sie haben einen Bernstein gefunden! Die werden hier manchmal nach Stürmen angespült!", sagte der Portier, als sie an ihm vorbeigehen wollte.

„Bernstein? So ein großer Brocken? Ich hätte ihn beinahe weggeworfen", antwortete sie und sah ihn sich noch einmal genauer an.

Möglich wäre es.

„Das wäre ein schönes Schmuckstück. So als Anhänger"; entgegnete der Portier.

„Ja! Vielleicht sollte ich mir zu Hause einen Anhänger daraus machen lassen", überlegte sie laut.

„Warum zu Hause und nicht hier?", fragte der Mann.

„Hier? Ich bin nur noch bis Mittag da!", erwiderte sie.

„Das passt schon. Mein Vater ist Schmuckschleifer. Wenn sie wollen, nehme ich den Stein zu ihm mit und bringe ihnen dann bis Mittag den Anhänger", erzählte er und hielt die Hand auf.

„Gehen auch zwei Anhänger, die irgendwie zusammenpassen? Für mich und meine Freundin?", erkundigte sie sich bei dem Mann.

„Der ist groß genug, das geht sicherlich", antwortete der Portier und nahm ihr den Bernstein ab.

Doch jetzt zog die warme Dusche sie nach oben.

Die durchnässten Sachen landeten auf dem Heizkörper und würden hoffentlich bis zur Abreise wieder einigermaßen trocken sein.

Die warme Brause tat gut auf der kalten Haut und unter dem Strahl stehend dachte sie daran, dass, wenn das mit dem Anhänger klappen würde, sie für sich und Ingrid ein Andenken an diese Reise hätte.

Ein zusätzliches zu dem, was sie hoffentlich bereits in sich trug, denn wenn sie in Biologie richtig aufgepasst hatte, dann würden jetzt in diesem Moment gerade in ihrem Eileiter die Samenzellen auf das Ei treffen.

Sie blickte an sich herab, legte ihre Hand auf diese Stelle und hoffte, dass es wirklich gelang.

Zumindest hatte Micha schon zwei Kinder.

Jetzt sausten ihre Gedanken zu Micha weiter und zu der Frage, warum sein Verhalten so ambivalent war.

Hatte er das mit dem Hintern versohlen ernst gemeint? Sie wollte es allerdings lieber nicht auf den Versuch ankommen lassen, denn sie musste danach noch ein paar Stunden dem Referat des Dozenten folgen und wenn man vor Schmerzen nicht sitzen konnte, dann war es mit der Aufmerksamkeit auch schnell vorbei!

Die Uhr trieb sie an und als sie aus der Dusche trat, ging es schon auf halb neun Uhr!

Sie musste noch Frühstücken und dann pünktlich wieder bei Micha sein, doch da auch die Weiterbildung um neun Uhr begann, blieb da wohl nur Zeit für eine sehr schnelle Nummer.

Kurzerhand ließ sie daher einfach die Unterwäsche fort und zog sich nur Rock und Bluse über.

Gehetzt lief sie nach unten, lud sich ihr Frühstück auf den Teller und schaufelte alles in sich hinein.

Micha lächelte anzüglich am Nebentisch, dann erhob er sich, zeigte wortlos auf die Uhr und ging.

Es war 08:55, als sie hektisch ihr Zimmer wieder betrat und durch die bereits offenstehende Tür in Michas Suite eilte.

„Du konntest also auch zum Frühstück den Mund nicht voll genug bekommen. Oder?", witzelte der Mann, als sie vor ihm stand.

Ohne eine Antwort abzuwarten, griff er nach ihrer Hand, zog sie zum Sessel und legte sie mit dem Bauch über die Lehne.

Er schlug ihr den Rock hoch, öffnete sich die Hose und packte sie bei den Hüften.

Da sie keine Unterwäsche trug, war er schnell in ihrem Hintern und ein paar schmerzhafte Stöße später waren sie auch schon wieder auf dem Weg nach unten.

Da Micha nicht in ihr gekommen war, konnte zum Glück auch nichts aus ihr herauslaufen. Es wäre schade um die schönen Polsterstühle gewesen, aber es war ein Wunder, dass er nach dieser Nacht überhaupt noch gekonnt hatte.

Sicherlich wollte er ihn nur beweisen, dass er ein ganzer Mann war, denn er war am Tage zuvor fünfmal in und auf ihr gekommen.

Da konnte beim besten Willen nichts mehr in seinen Hoden sein! Doch er hätte vermutlich um nichts in der Welt zugelassen, dass sie an seiner Potenz zweifeln würde, nicht nach dieser Nacht!

Die Weiterbildung begann und sie passte gut auf. Allerdings spürte sie permanent Michas Blicke und mit jeder Frage an den Dozenten wandelte sie auf sehr dünnem Eis!

Mit dem Zertifikat endete dieser Tag und im Anschluss bekam sie auch noch die Anhänger vom Portier. Diese Arbeit war erstklassig und die beiden tropfenförmigen Bernsteinstücke passten perfekt ineinander.

Sie bedankte sich und gab dem Mann einen fünfzig Euro Schein, was dieser zuerst ablehnen wollte, doch sie bestand einfach darauf.

Dankbar nahm er schließlich das Geld an und sie eilte zum Mittag, um gestärkt auf den Heimweg gehen zu können.

Da Micha an ihrem Tisch saß, aß sie besonders langsam und mit bedacht, denn sie wollte ihm nicht noch einen Anlass zu irgendeiner Form der Strafe geben.

Der silberne Flitzer stand schon auf dem Parkplatz und wartete auf die Rückfahrt, als sie mit ihrer Tasche vor das Hotel trat.

Der Motor lief bereits und der Wagen schoss davon, kaum dass sie sich gesetzt hatte.

Offenbar hatte Micha es jetzt eilig, zu seiner Familie zu kommen, aber als sie auf dem Weg zur Autobahn ein Waldstück durchquerten, nahm er mit einem Mal das Gas weg und bog in einen Waldpfad ab.

„Kommen wir zu deinen heutigen Überstunden!", sagte er nur süffisant grinsend, hielt an und öffnete sich die Hose.

Es würde schwierig werden und wohl alle ihre Tricks aus Jugendzeit abverlangen, um ihm noch ein paar Tropfen zu entlocken, aber er würde sicher erst weiterfahren, nachdem er gekommen war.

Zumindest stand sein prachtvoller Schwanz schon wieder wie eine eins!

Sollte sie ihn dafür bewundern?

Irgendwie schon.

28. Kapitel
Nähe und Geborgenheit

Sie ließ den Anhänger durch ihre Finger gleiten, den ihr Simone in der letzten Woche von der Ostsee mitgebracht hatte. Vor fast einer Woche, denn es war Samstag.

Ingrid lag noch in ihrem Bett und blickte zur Zimmerdecke hinauf, Simone war wie immer joggen und sie fühlte sich irgendwie allein.

Die Dämmerung des Tagesanbruchs färbte die Zimmerwand über ihr in ein leichtes rosa ein und ihre Gedanken flogen zurück.

Genau eine Woche zuvor hatte sie zu dieser Zeit noch in Richards Armen geschlummert und seit genau derselben Zeit war sie ihm und Ariana konsequent aus dem Weg gegangen.

Selbst das schon zugesagte Frühstück am Sonntag hatte sie per SMS abgesagt, denn erst einmal brauchte sie Klarheit darüber, wie es in ihrem Leben weitergehen sollte, bevor sie Richard oder Ariana erneut unter die Augen treten konnte.

Simone verhielt sich seit Tagen komisch. Nach ihrer Ankunft vom Hotel hatte die Freundin regelrecht von dem neuen Programm geschwärmt und erzählt, dass der Chef erwogen hatte, sie in zwei Jahren zur Abteilungsleiterin zu machen, wenn ihr Leiter dann in Rente ging.

Sie hatte sich darüber gefreut, aber dennoch war da etwas Seltsames in Simones Verhalten gewesen, denn sie hatte kaum etwas von dem Hotel, der Ostsee, oder von den zwei Nächten erzählt, die sie dort verbracht hatte.

Und seit ihrer Rückkehr war Simone täglich um fünf Minuten vor neun Uhr zum Chef gerannt, täglich hatte sie Überstunden machen müssen, aber vielleicht war das normal, in Anbetracht der sich dadurch bietenden Aufstiegschancen.

Das würde aber hoffentlich nicht noch zwei Jahre so weiter gehen, denn es begann schon jetzt an ihren Nerven zu zerren.

Sie wollte doch mit Simone eine Familie gründen und sie brauchte dazu unbedingt den Beistand der Freundin.

Gerade jetzt, wo die Gefühle in ihr verrücktspielten. Eventuell waren das die Hormone oder eben ihre innere Zerrissenheit, die sie zwischen Richard und seiner Schwester in sich verspürte.

Irgendwie liebte sie beide und betrog sie gleichzeitig mit dem jeweils anderen.

Sozusagen rein gedanklich, weil ja jeder vom anderen wusste!

Ihre Hand strich suchend über das Bett neben sich.

„Komm bitte zurück!", flüsterte sie und dachte an Simone, die jetzt irgendwo durch den Morgen rannte.

Es hatte jedenfalls auch fast eine Woche gedauert, bis sie in der letzten Nacht endlich wieder gegenseitig ihre zärtlichen Zuwendungen genießen konnten.

Schön war es gewesen und sie lächelte bei der Erinnerung daran, dann führte sie den kleinen Bernsteintropfen an ihre Lippen und küsste ihn, stellvertretend für die Freundin, die momentan einen ebensolchen Anhänger um den Hals trug.

Warum war sie bloß schon wieder fort?

Konnten sie nicht ein einziges Mal nebeneinander erwachen? So wie es mit Richard gewesen war?

Ihre Gedanken schweiften erneut ab und flogen zu dem Mann und gleichzeitig zu dem Teil von ihm, den sie hoffentlich bereits in sich trug.

Ihre Hand glitt unter die Decke, streifte das seidene Nachthemd hoch und legte sich auf ihren nackten Bauch. Sie fühlte in sich hinein und dachte an den Moment, in dem sie seinen Samen entgegengenommen hatte.

Herrlich war es gewesen!

Und obendrein dachte sie jetzt daran, dass sie am Abend bei Richard wieder zum Essen und für einen Spieleabend sein würden.

Es war Simones Idee gewesen, aber ihr hätte es eigentlich viel besser gefallen, zusammen auf dem Sofa zu sitzen, eingehüllt in eine warme Decke eine seichte Romanze im Fernsehen zu schauen und dabei die Nähe der Freundin zu genießen.

Mit warmem Kakao und Streicheleinheiten.

Die Wohnungstür fiel leise ins Schloss und Sekunden später kam Simone auf Strümpfen in die Schlafstube geschlichen.

„Oh, du bist schon wach!", sagte sie und beugte sich über das Bett.

Ingrid hob der Freundin das Gesicht entgegen und küsste sie.

„Wollen wir gemeinsam duschen?", fragte sie danach.

Simone warf gerade ihre Laufsachen in den Wäschekorb in der Ecke und nickte ihr lächelnd zu.

Mit einem Sprung war sie aus dem Bett, schleuderte das Nachthemd von sich und eilte an der verdutzten Freundin vorbei ins Badezimmer.

Unter dem warmen Wasserstrahl wartete sie auf die Geliebte, die kurz darauf lächelnd in die Kabine trat.

Eigentlich war der Platz darin für zwei zu knapp, aber das war gerade das anregende, das erregende, denn ihre Körper konnten sich somit nicht aus dem Wege gehen und jede Bewegung führte zu einer Berührung.

Das war die Nähe und Geborgenheit, die sie momentan gerade haben wollte.

Simone umarmte sie und ihre Lippen verschmolzen zu einem wundervollen Kuss.

In der drangvollen Enge unter dem warmen Wasserstrahl packte Simone sie an der Hüfte und drückte sie mit dem Rücken gegen die Fliesen der Wand.

Kurz zuckte sie vor der Kälte der Kacheln zurück, doch Simone drängte sie rücksichtslos dagegen und die Küsse wurden indessen stürmischer, heißer und leidenschaftlicher.

Simone schob sich mit ihrem ganzen Körper gegen sie, Brust rieb an Brust und dieses Gefühl war irre.

Eine Gänsehaut rollte über ihren Körper und Simones Zunge spielte mit der ihrigen in Simones Mund.

Als sich Ingrids Finger um Simones Brust schlossen, bäumte sich die Geliebte auf und da war damit bei ihr wieder dieses sehnsüchtige Ziehen in ihrem Bauch, dieses unbändige Verlangen nach der Freundin.

Geschickt schob Simone ihre Knie zwischen Ingrid Beine und drückte diese damit auseinander.

Mit Kraft löste sich Simone aus der Umarmung sowie aus dem Kuss und rutschte danach tiefer, bis sie Ingrids Beine über die Schultern nehmen konnte. Damit hatte die Freundin ihren bereits voller unbändigen Verlangens pochenden Schoß geöffnet vor sich.

Die Geliebte schaute nach oben, leckte sich lüstern über die Lippen und über ihren Bauch hinweg trafen sich ihrer beider Blicke.

Sie erspähte wieder dieses gierige Funkeln in Simones Augen, das sie vor Lüsternheit zittern ließ.

Ein Lächeln jagte über ihr Gesicht, dann presste sie ihren Mund auf Ingrids Labien.

Stöhnend warf Ingrid den Kopf zurück.

Genüsslich leckte die Freundin mit der Zunge durch ihre Vulva, küsste und biss in ihre Klitoris.

Erschrocken zuckte Ingrid zusammen, griff mit beiden Händen in Simones Haare und drückte deren Kopf fester zwischen ihre Schenkel.

Simone nahm diese Aufforderung sofort an, wurde intensiver und schob ihre Zunge tief in Ingrids Leib.

Geschickt zwirbelten ihre Finger dabei Ingrids Brustwarzen, das war so irre und ließ sie beide seufzen.

Schon lange musste die Geliebte gemerkt haben, wie feucht Ingrid dadurch bereits geworden war und ihre Zungenbewegungen wurden noch fordernder.

Voller Lust warf sich Ingrid hin und her, aber durch ihre Position hatte Simone die volle Kontrolle über sie, denn schließlich hing sie auch noch mit beiden Beinen in der Luft.

Mit einem Schrei kam Ingrid und sackte zusammen, danach setzte Simone sie auf ihren zitternden Beinen ab.

Gerade als sie sich Simone zuwenden wollte, klingelte deren Handy.

„Lass es doch klingeln", forderte Ingrid die Freundin auf.

„Ich muss!", entgegnete Simone und sprang aus der Kabine.

„Unser Chef!", stöhnte sie und ging ans Telefon.

Ihr Gesicht schien bei dem Anruf zu entgleisen.

„Mist! Ich habe was im Büro vergessen!", stöhnte sie und rannte tropfnass aus dem Bad.

Als Ingrid abgetrocknet aus dem Badezimmer in den Flur trat, fiel die Tür bereits hinter Simone ins Schloss.

Sie war zwar gekommen, aber so war der Samstag nicht geplant gewesen! Seufzend wechselte sie zum Frühstück in die Küche.

29. Kapitel
Bedingungslos ausgeliefert

Simone jagte dem Firmengebäude entgegen. „Mist! Mist! Mist!", stöhnte sie andauernd und bog schließlich mit quietschenden Reifen auf den Parkplatz ab.

Das Telefonat mit Micha war nur kurz, aber nicht sehr erfreulich gewesen, denn er hatte ihr nachdrücklich klargemacht, dass der Neun-Uhr-Termin auch für den Samstag galt.

Sie hatte einfach vergessen oder verdrängt, dass er ihr bereits am Sonntag zuvor gesagt hatte, dass die verlorene Wette nicht nach Arbeitstagen, sondern nach Wochentagen galt.

Und damit wäre dieser Tag hier eigentlich der letzte ihres Wetteinsatzes gewesen!

Seine Drohung, ihr den Hintern zu versohlen, wenn sie seiner Anweisung nicht Folge leisten würde, fiel ihr gerade wieder ein.

Mit beinahe qualmenden Reifen bremste sie auf ihrem Parkplatz vor der Firma und warf einen letzten Blick zur Uhr. Es war bereits 09:25 Uhr!

Eine letztes: „Mist!", entfuhr ihr, dann hastete sie die Treppe hinauf und nahm dabei immer drei Stufen mit jedem Schritt.

Schnaufend stand sie schließlich vor Michas Zimmer, die Tür war weit offen und er blaffte sie von drinnen heraus sofort an: „Du hast es also vorgezogen, den Termin zu verschlafen und mich zu versetzen?"

Es klang drohend und ihr rutschte dabei das Herz in die Hose.

„Es tut mir leid", kam eher kläglich über ihre Lippen.

„Was soll ich bloß mit so unzuverlässigen Arbeitskräften machen?", fragte Micha drohend, lehnte sich in seinem Sessel zurück und das Möbelstück knarrte dabei.

Zögerlich trat sie in die offene Tür des Büros.

Zwar hatte sie sich ihm durch diesen verrückten Wettkampf ausgeliefert, aber eine Flucht war immer noch möglich, denn welche Handhabe hätte Micha schon gegen sie?

Ein verlorenes Spiel?

Dafür eine Kündigung zu kassieren, würde wohl vor keinem Arbeitsgericht Bestand haben und erzwungener Sex auf der Arbeit wohl auch nicht.

Aber Michas Augen schienen sie auf dieser Stelle festzunageln und sie konnte sich nicht mehr bewegen, denn da war momentan so etwas wie Hass in seinem Blick und das erschreckte sie zutiefst.

Bisher hatte sie immer eine Art von Zuneigung bei ihm gespürt, auch wenn er mitunter sehr rabiat mit ihr umgegangen war, doch jetzt schien sich da etwas in ihm geändert zu haben.

War es nur ihr Ungehorsam gewesen, der ihn so gereizt hatte?

„Ach Simone, du hättest es so einfach haben können. Du hättest mir einfach schön einen geblasen und wir wären quitt gewesen. Jetzt muss ich mir für dich eine Strafe ausdenken!", äußerte Micha und zog sein Telefon zu sich.

„Setzt dich!", forderte er sie bedrohlich auf und zeigte dabei auf den Stuhl vor seinem Schreibtisch.

Während sie mit zitternden Knien zu dem Platz ging, tippte er etwas in sein Handy, legte es zur Seite und fixierte sie hämisch grinsend.

Dieser Blick versprach nichts Gutes, Micha lehnte sich mit verschränkten Armen zurück und ließ sie einfach schmoren.

Er wusste wohl, dass sie gerade in Gedanken alle möglichen und unmöglichen Bestrafungsformen durchging.

In ihrem Blick hing eine kleine Wanduhr, deren Zeiger so unendlich langsam dahinschlichen.

Worauf wartete Micha?

Warum sagte er nichts?

Das Handy brummte, er hob es an, nickte sichtlich zufrieden, legte es langsam zur Seite und erklärte dabei: „Wer aufmüpfig ist, der muss gehorsam lernen! In den nächsten zwei Stunden will ich kein einziges Widerwort von dir hören und danach sind deine Schulden getilgt! Weigerst du dich, so muss ich mir eine andere Strafe für dich ausdenken! Also?"

Micha ließ ihr immerhin eine Wahl.

„Ja! Und danach ist alles gut?", entgegnete sie mit brüchiger Stimme.

„Natürlich! Wir werden normal zusammenarbeiten und in zwei Jahren bekommst du die Abteilung!", antwortete er.

„Okay! Dann ja!", erwiderte sie.

„Fein! Wir müssten eine Inventur im Aktenlager vornehmen!", erzählte er.

War das alles? Da gab es doch sicherlich einen Haken!

Sie erhob sich von ihrem Stuhl.

„Deine Sachen kannst du hierlassen!", wies er sie an.

„Ich soll nackt über den Flur, die Treppe hinab und in den Keller gehen?", fragte sie.

Micha hob mahnend den Zeigefinger.

Sie fügte sich, zog sich aus und hängte ihre Kleidung danach sorgsam über die Stuhllehne.

An seiner Seite ging sie anschließend über den leeren Flur, es war kalt, zugig und ihr fröstelte es.

Noch immer fragte sie sich, was er wohl mit ihr vorhatte.

Seine Schritte hallten durch die leeren Gänge, während ihre nackten Fußsohlen kein Geräusch auf den kühlen Bodenfliesen machten.

Sie gingen Seite an Seite die Treppe hinab, dann folgte der lange und schummrige Kellergang. Fröstelnd schlug sie sich die Arme um den Leib.

Im Archiv war sie schon oft gewesen. Es war ein einfacher Kellerraum mit Regalen an den Wänden, einem Tisch, zwei Stühlen und ohne Fenster, doch seltsamerweise stand die Tür offen und gelbes Neonlicht leuchtete daraus, als sie sich dem Raum näherten!

Simone prallte zurück, als sie in das Zimmer sehen konnte, denn darin standen drei ziemlich bullige Männer der Sicherheitsfirma, die das Firmengelände bewachten, doch Micha schob sie an den Schultern vor sich her und in die Kammer hinein.

„So meine Liebe! Du erinnerst dich an unsere Wette, die ich souverän gewonnen habe?", fragte Micha und setzte sofort hinzu: „Ich sollte in all deinen drei Löchern abspritzen, weil du mich für einen Schlappschwanz gehalten hast!"

Die drei Sicherheitsmänner grinsten und sie spürte, wie ihr Kopf heiß wurde.

„Nun werden diese drei Herren dich gleichzeitig in alle Löcher ficken und du wirst es genießen!"

Sie musste schlucken und blickte von einem zum anderen.

Micha griff in seine Jackentasche, erklärte: „Wir spielen mal russisch Roulette mit Kondomen!", und zog drei Schachteln heraus.

„Eine ist leer und der glückliche Gewinner darf in deinem Mund kommen!", erläuterte er.

Sie war doch die ganze Zeit mit ihm zusammen gewesen. Wann hatte er denn die Kondome eingesteckt? War das von Anfang an geplant gewesen?

Die Männer zogen sich die Jacken aus und griffen nacheinander zu den Packungen.

„Wir sind ja hier bei der Sicherheit!", äußerte einer und alle drei lachten hämisch.

„Ich sehe dir zu und wehe, es gefällt dir nicht!", bemerkte Micha und trat zurück.

Jetzt stand sie nackt zwischen den drei Männern, die gerade ihre Hosen auszogen und alle drei waren beachtlich gut bestückt.

Unter anderen Umständen hätte sie es eventuell sogar genossen, hier zu sein.

Aber warum eigentlich nicht? Niemand würde jemals etwas davon erfahren!

Sie blickte den Männern ins Gesicht.

Einer von ihnen setzte sich soeben auf den Stuhl, streifte sich ein Kondom über seinen ziemlich großen Penis und winkte sie zu sich.

„Dein süßer Arsch gehört jetzt mir! Umdrehen und setzen!", bemerkte er nur.

Als sie sich umdrehte, packte er sie an einer Hüfte, hielt mit der anderen Hand sein Glied fest und zog sie einfach nach unten.

Einen Augenblick später steckte der Schwanz schon tief in ihrem Darm und es nahm ihr den Atem, danach packte der Mann ihre Knie, zog diese zu sich nach oben und sie kippte gegen seine breite Brust.

In dieser Position begann er sie langsam auf sich zu bewegen und sein Keuchen war dabei in ihrem Ohr.

Dann zog er ihr die Knie nach außen und öffnete sie dadurch für den zweiten Mann, der vor sie trat, ihr zwischen die Beine starrte, dabei gierig seinen Schwanz rieb und sich dann hektisch das Kondom überstreifte.

Es war ihr peinlich, so schamlos präsentiert zu werden, aber irgendwie gefiel ihr das auch und dieses Chaos der Gefühle war ziemlich verwirrend für sie.

Der vor ihr stehende Mann packte ihre Hüften, hielt sie fest und stieß dann sofort sein Glied tief in ihre Scheide.

Das war irre und sie warf den Kopf stöhnend zurück, dann trat der dritte Mann neben sie, zog ihren Kopf herum und hielt ihr seinen Penis von der Seite aus vor den Mund.

Micha trat hinter ihn und grinste sie über dessen Schulter an. Er schien das sehr zu genießen.

Der Mann hinter ihr begann sie jetzt wieder auf und ab zu bewegen, der zweite rammte sich immer wieder tief von vorn in sie, während der dritte ihren Hinterkopf festhielt und ihr nur die Spitze seines Schwanzes in den Mund schob.

Das Gefühl so gleichzeitig genommen zu werden, kickte sie ungemein und sie musste für Micha gar nicht spielen, dass es ihr gefiel, denn das tat es wirklich!

Es war geil!

Drei Männer schnauften um sie herum, zwei dicke Schwänze drangen abwechselnd von unten in sie ein, während Micha sie nur anlächelte.

Das war zu viel für sie, sie griff sich von oben zwischen ihre Beine und rieb ihren Kitzler in einer aberwitzigen Geschwindigkeit.

„Mein Gott, bist du eng!", stöhnte der Mann hinter ihr und füllte seufzend sein Kondom.

Der nächste war der vor ihr, der es ihm nur Sekunden später gleichtat, aus ihr glitt und zurücktrat.

Jetzt öffnete Micha seine Hose und rieb heftig sein pralles Glied, während der dritte Mann in ihrem Mund kam, aber mit solch einer Menge, dass sie nicht alles davon schlucken konnte. Ein Teil seines Samens tropfte auf ihre Brüste.

Micha trat jetzt vor sie hin, rief: „Bonusrunde!", und verteilte dabei stöhnend seinen Samen ebenfalls auf ihren Brüsten.

Sie kam dabei stöhnend zum Höhepunkt und ihr Hintermann setzte sie danach auf ihre zitternden Beine ab.

„Das war der Wahnsinn! Ich danke euch!", wimmerte sie und fiel in den jetzt leeren Stuhl zurück.

Die drei Sicherheitsleute zogen sich wieder an, wünschten ihr noch einen schönen Tag und gingen schließlich.

„Braves Mädchen!", sagte Micha, strich ihr über die Wange und setzte noch hinzu: „Du kannst dich in meinem Büro noch duschen."

Jetzt war sie wieder frei, aber sie brauchte ihn als Stütze, um in sein Büro zu kommen.

„Auf gute Zusammenarbeit!", erklärte Micha zur Verabschiedung und gab ihr die Hand.

Das kam ihr gerade sehr seltsam vor nach den Ereignissen im Keller.

30. Kapitel

Ein Spieleabend

Richard erwachte in seinem Bett, in einem Arm hielt er Elani und Ariana im anderen. Das Licht der kleinen Nachttischlampe brannte noch und er spürte, wie sich beide Frauen eng an ihn anpressten.

Elanis Brüste drückten ihm in die eine Seite, Arianas Bauch ihn in die andere und er blickte ihr ins Gesicht.

Sie schien im Schlaf regelrecht zu leuchten und das lag nicht nur an dem Licht der Lampe, sondern Ariana strahlte auch von innen heraus, denn das Kind in ihr gab ihr einen ganz besonderen Schimmer.

Auf der anderen Seite lächelte Elani im Schlaf. Sie hatte sich in sein Bett geschlichen, nachdem sie nach dem Spieleabend im Badezimmer den ersten Orgasmus ihres Lebens bekommen hatte und der schien auch im Traum noch in ihr zu toben.

Vorsichtig zog er seinen Arm unter Elanis Kopf hervor und sie schlief einfach weiter.

Zärtlich strich er mit den Fingerspitzen über Arianas Wange und dachte an den Beginn dieser Nacht zurück.

Ein paar Tage lang hatte Ariana nach jenem furchtbaren Fauxpas geschmollt und ihn auf die Couch verbannt. Er hatte sich von Elani und ihr ferngehalten und versucht, mit sich selbst ins Reine zu kommen. Und das war ihm dann auch irgendwann gelungen.

Schließlich war es Samstag geworden und damit hatte der obligatorische Spieleabend der Familie begonnen.

Alle Freunde hatten sich bei ihnen versammelt und in der Stube war es eng geworden. Die ausgelassene Stimmung glättete wohl auch die Wellen in Arianas Gefühl, denn sie war viel entspannter gewesen als in den Tagen zuvor.

Vielleicht hätte er auch einfach schon eher das Gespräch mit ihr suchen können, doch er hatte diese Zeit gebraucht.

Elani hatte von ihren Rezepten, die sie in der Woche mit großem Erfolg in seinem Restaurant vorgestellt hatte, noch etwas für alle Freunde gekocht. Allen schmeckte es hervorragend und jeder lobte diese Gerichte.

Zur Feier des Tages hatte sich Elani die hundert kleinen Zöpfe, die sie bisher mit Perlen verziert getragen hatte, zu einem einzigen Zopf geflochten.

Ihr wundervolles schwarzes Haar reichte ihr bis in die Mitte des Rückens und glänzte.

Nachdem Naomis ins Bett gegangen war, hatte sie erzählt, dass ihr Ehemann mehr als dreißig Jahre älter als sie gewesen war und sie noch immer Ängste hatte, wenn sie einen bestimmten Geruch wahrnahm oder ein Geräusch hörte, dass sie an ihr Leben bei ihm erinnerte.

Er hatte sie daraufhin schützend in den Arm genommen und Ariana hatte ihm freundlich zugenickt.

In diesem Moment hatte er plötzlich realisiert, dass er mit allen Frauen im Raum, Simone mal ausgenommen, schon mindestens einmal Sex gehabt hatte!

Es war erschreckend und ernüchternd zugleich gewesen. Gisel, Ariana und Ingrid saßen nebeneinander, Elani hatte er im Arm.

Wo sollte das nur hinführen?

Nicht einmal im Traum hätte er in jenem Augenblick daran gedacht, dass es Elani in sein Bett führen würde.

Die Stimmung war sehr ausgelassen und niemand ließ sich durch den Regen stören, der stundenlang unaufhörlich gegen das Fenster getrommelt hatte. So in der Art, wie jetzt auch in dieser Nacht.

Abermals sah Richard den beiden Frauen ins Gesicht. Sie drei lagen eng aneinander gekuschelt nackt unter der Decke und er lauschte auf ihre Schlafgeräusche.

Als dann schließlich alle gegangen waren, und sie nur noch zu dritt auf dem Sofa saßen, hatte er Ariana schließlich erzählt, wie sich Elani bei ihm für die Hilfe bedankt hatte.

Elani war dabei regelrecht das Gesicht entgleist, aber Ariana hatte es wohl lockerer gesehen, als er und Elani es sich gedacht hatten.

„Wenn du mit mir schläfst, dann will ich auch, dass du mit mir schläfst und nicht eine andere im Sinn hast! Und Elani wird das sicherlich genauso sehen!", hatte Ariana nur gesagt.

Mit einem leisen Seufzen erwachte Elani an seiner Seite und blickte ihn mit diesen wunderschönen, dunklen und großen Augen an.

„Ich habe gar nicht gewusst, dass Sex so herrlich sein kann!", flüsterte sie und lehnte ihren Kopf an seine Brust.

Flüsternd setzte sie noch hinzu: „Und das alles habe ich nur meiner Großmutter zu verdanken!"

„Wieso das denn?", fragte er leise nach.

Elani hob ihren Kopf und blickte ihn abermals an.

„Ich komme aus dem Nordosten des Landes und dort wird in vielen Dörfern noch die Beschneidung der Mädchen praktiziert. Dabei wird der äußere Teil der Klitoris, die inneren Schamlippen und bei einigen auch die äußeren Lippen vollständig entfernt! Als ich acht war, kam die Beschneiderin auch in unser Dorf, um dieses Ritual durchzuführen. Es war wie ein großes Fest und ich habe nicht verstanden, warum ich nicht daran teilnehmen durfte, aber meine Großmutter hatte es bei mir verboten! Dann wusste ich es! Die alte Frau führte diesen kultischen Brauch mit einer Rasierklinge durch. Alle meine Freundinnen mussten sich dieser äußerst schmerzhaften Prozedur unterziehen und meine Freundin Kaoki ist zwei Tage später daran gestorben. Ich habe noch heute in mancher Nacht ihre furchtbaren Schreie im Ohr!"

„Von dieser Art der Beschneidung habe ich schon mal gehört. Das klingt bestialisch. Warum tut man so etwas?", erkundigte sich Richard.

Erneut legte Elani ihren Kopf auf seine Brust.

„In meiner Heimat gibt es da noch den Aberglauben, dass eine Frau mit Klitoris weder rein noch treu sein kann. Vor der Hochzeit muss sie daher jungfräulich und beschnitten sein. Die Reinheit von Körper und Geist soll wohl mit einer Klitoris nicht möglich sein!"

„Und ohne Kitzler hat die Frau eben keinen Spaß am Sex!", erklärte Richard.

„Ja! Und sicherlich nur Schmerzen dabei!", flüsterte Elani.

Seine Hand schob sich unter der Decke zwischen ihre Beine.

„Ich bin froh, dass deine Großmutter sich durchgesetzt hat!", wisperte er ihr ins Ohr, während er mit den Fingern über ihre Labien strich.

„Und ich erst!", stöhnte Elani dabei auf.

„Machst du mir noch mal die Freude?", hauchte sie.

Dieser Aufforderung konnte er nicht widerstehen.

„Wir sollten Ariana aber schlafen lassen", entgegnete er, während seine Erektion schon die Bettdecke anhob.

„Bad oder Sofa?", fragte Elani leise und blickte ihn an.

„Sofa!", sagten sie beide fast gleichzeitig.

Vorsichtig erhoben sie sich aus dem Bett, um Ariana nicht zu wecken, und eilten dann in die Stube hinüber.

Aus der Bewegung warf sich Elani mit einer Drehung auf das Möbelstück, wodurch sie vor ihm auf dem Rücken zu liegen kam.

Sofort tauchte er mit seinem Gesicht zwischen ihren Schenkeln ab und küsste das, was Elanis Großmutter dort gerettet hatte.

Elani stöhnte auf und warf der Kopf zurück, als er sanft ihren Kitzler zwischen die Lippen nahm.

„Danke Großmutter!", stöhnte sie, bäumte sich auf und zog ihn über sich.

Aus dieser Bewegung war er direkt in ihren Schoß geglitten, ein neues Spiel begann, ein Paarspiel, das stürmischer wurde als der Wind des Novembers, der um das Haus tobte.

Bei jedem Stoß hob Elani das Becken an, wodurch er ihren Kitzler traf, und damit dauerte es auch nur wenige Stöße, bis Elani schnaufend zum nächsten Höhepunkt dieser Nacht kam.

Mit ihr vereinigt fiel er über sie und sie hielten sich einfach fest umschlungen.

31. Kapitel
Doppelter Test, gleiches Ergebnis

*E*s war Sonntagmorgen, die Sonne schien durch die Gardinen hindurch und Ingrid blickte zum Blau des Himmels. Nach dem Wetterbericht würde es ein herrlicher Tag werden, aber das Schönste an diesem Morgen war, dass Simone noch neben ihr im Bett lag.

Normalerweise joggte sie um diese Uhrzeit schon irgendwo im Stadtpark.

Hatte sie verschlafen? Oder hatte die Aussprache am Abend zuvor bei der Freundin für ein Umdenken gesorgt?

Wie auch immer es geschehen war, es fühlte sich einfach nur herrlich an, nicht allein zu erwachen. Das gab ihr so eine tiefe Ruhe und Sicherheit und sie mochte das.

Ganz eng kuschelte sie sich an die Freundin an, die dadurch erwachte und zum Glück nicht sofort genervt aus dem Bett sprang, sondern einfach neben ihr liegen blieb.

Ein zärtlicher Gute-Morgen-Kuss wurde ausgetauscht und gemeinsam noch eine Weile liegen geblieben, bevor sie beide aufstanden und zuerst die Kaffeemaschine neu bestückten, den Herd vorheizten und danach zusammen unter die Dusche gingen.

Das Frühstück begann mit frisch aufgebackenen Brötchen, köstlicher Erdbeermarmelade, Milchkaffee und leiser Schmusemusik aus dem Radio.

Es war himmlisch!

Dazu Sonne durch das Fenster, vor dem es die ganze Nacht in Strömen geregnet hatte.

Das Telefon klingelte und Simone zuckte dabei regelrecht zusammen. Ihr erster Blick ging zur Uhr und danach erst auf das Display des Handys.

Schnell nahm sie das Gespräch an.

„Naomi möchte morgen Abend bei uns übernachten. Ist das für die okay?", fragte Simone.

„Ja! Natürlich", entgegnete sie und Simone sagte es dem Kind zu.

Aufmerksam las Ingrid im Gesicht der Freundin, denn wenn sie es nicht genau wüsste, dann hätte sie denken können, dass Simone eine Affäre hatte. Die täglichen Überstunden und der überstürzte Aufbruch am Tage zuvor waren schon mehr als seltsam gewesen.

Sie lehnte sich im Stuhl zurück und strich sich über ihren Bauch.

„Du könntest heute einen Test machen, um sicherzugehen!", erzählte Simone und wies auf ihre Handbewegung.

Sie blicke an sich herab. Zwar wollte sie es schon wissen, aber dazu brauchte man eben einen Schwangerschaftstest und sie hatte vergessen, welche zu kaufen.

„Ich gehe morgen nach der Arbeit in die Apotheke und hole einen Test!", äußerte sie.

Beim Spieleabend am Tage zuvor hatte sie sich mit Richard auch ausgesprochen und sie beide hatten beschlossen, niemanden etwas davon zu sagen, wie explosiv die Zeugung dieses Kindes für sie beide gewesen war.

„Unsere Apotheke hat auch sonntags offen und wenn du möchtest, dann kann ich dir auch heute einen holen!", erklärte Simone und setzte die Kaffeetasse an die Lippen.

„Die hat doch aber nur für Notfälle geöffnet und das ist wirklich keiner!", erwiderte sie.

„Bist du denn wirklich nicht neugierig? Ich schon!", antwortete Simone und stellte die Tasse vorsichtig ab.

„Wir könnten ja dann im Park eine Runde spazieren gehen und auf dem Rückweg an der Apotheke vorbei", sagte Ingrid.

„Ich bin in zehn Minuten dort und wieder zurück!", äußerte Simone und war schon halb von ihrem Platz aufgestanden.

„Ich kann dich wohl kaum aufhalten, aber ich hätte lieber noch eine Stunde mit dir gekuschelt!", erwiderte sie und setzte ein schmollendes Gesicht auf.

Simone beugte sich über den Tisch, küsste sie und zwei Minuten später war sie auf dem Weg.

Mit dem Blick auf die Uhr wartete sie danach auf die Rückkehr der Freundin.

Zehn Minuten hatte sie gesagt und es wurden zwanzig, bevor die Wohnungstür wieder ins Schloss fiel.

Lächelnd schob Simone die Packung über den Tisch und Ingrid verzog sich damit auf die Toilette.

Wenig später wartete sie in der Küche, bis die Zeit des Testes abgelaufen war.

Fünf Minuten konnten so unheimlich lange sein, wenn man gespannt auf ein Display schaute und hoffte, dass da ein roter Streifen erschien.

Dann war der Strich endlich da.

„Schwanger!", rief sie laut aus und Simone fiel ihr euphorisch um den Hals.

Dreißig Sekunden später legte sie einen Test daneben und sagte: „Ich auch!"

„Wie jetzt?", fuhr es aus ihr heraus und sie blickte die Freundin fassungslos an.

Hatte sie das mit der Affäre doch richtig vermutet?

Augenblicklich musste sie es wissen.

„Wie kannst du denn schwanger sein? War es ein One-Night-Stand im Hotel an der Ostsee?", erkundigte sie sich.

„So etwas in der Art!", wich Simone ihr aus.

„Raus mit der Sprache!", versuchte sie die Wahrheit aus der Freundin herauszubekommen.

Das Lächeln auf Simones Gesicht erstarb.

„Ähm", begann sie und stockte sofort wieder.

„Ich dachte du und diese Schwangerschaft, ich fand es großartig und wollte das auch", stammelte die Freundin. „Weißt du, dass die Wahrscheinlichkeit schwanger zu werden nur bei 20 % liegt?", versuchte sie erneut auszuweichen.

Simone senkte ihren Blick zum Tisch und sagte dann: „Es war Micha in dem Hotel!"

„Welcher Micha?", fragte Ingrid genervt nach.

„Na Micha, unser Chef!", antwortete Simone leise.

Schlagartig wurde ihr so einiges klar.

Immer dann, wenn Simone angeblich Überstunden gemacht hatte, hatte sie es vermutlich mit dem Chef getrieben.

Ohne ein Wort stand sie vom Tisch auf, trat zum Fenster und sah hinaus. Die ersten Tränen liefen ihr über die Wange.

Simone hatte sie betrogen!

Nicht der Sex mit dem Chef war das Schlimme daran, sondern die Tatsache, dass sie es heimlich gemacht hatte.

Und ohne ihr etwas von ihrem Plan zu erzählen!

Beide waren sie jetzt schwanger, aber die Freude über ihren Zustand hielt sich bei ihr momentan in Grenzen.

32. Kapitel
Mensch unter Menschen

Ariana erwachte und lag mit Elani in dem großen Bett zusammen. Die Freundin schlief nur Zentimeter von ihr entfernt und von Richard war weit und breit keine Spur zu sehen.

Verschlafen blickte Ariana am Kopf der Freundin vorbei, erkannte das Ziffernblatt des Weckers und fuhr sofort hoch.

„Elani, du hast verschlafen!", rief sie und rüttelte die Freundin an der Schulter wach.

Verwirrt schreckte Elani hoch, fuhr herum und blickte ebenfalls zur Uhr.

„So ein Mist!", rief sie aus und sprang nackt aus dem Bett.

„Wo ist Richard? Der wollte mich doch mit zur Arbeit nehmen?", sagte Elani panisch und blickte sich suchend um.

Es war kurz vor elf Uhr mittags und in ein paar Minuten öffnete das Restaurant!

„Wenn ich zu spät komme, dann verliere ich vielleicht meine Arbeit und muss zurück nach Afrika!", stieß sie verzweifelt aus.

„Hier liegt ein Zettel!", bemerkte Ariana und zog das Stück Papier vom Kopfkissen fort.

Sie hielt es Elani hin und die las vor: „Liebste Elani, schlafe dich erst Mal aus. Ich wünsche euch zweien einen schönen Sonntag. Richard."

„Er hat dich schlafen lassen und dir für den Tag freigegeben", erklärte Ariana und hob die Decke hoch, damit die Freundin wieder zu ihr darunter schlüpfen konnte.

„Du hast wirklich Glück mit ihm", bemerkte Elani, nachdem sie sich unter der Decke in Arianas Arm gelegt hatte.

„Ja! Das habe ich wahrhaftig", bestätigte Ariana diese Einschätzung der Freundin.

„Und du hast auch nichts dagegen, dass ich und Richard?", fragte Elani vorsichtig.

„Nein! Natürlich nicht. Warum fragst du?", erwiderte Ariana.

„Ich vergesse immer wieder, dass du kein Mensch bist!", flüsterte Elani und strich ihr über die Wange.

„Ist das jetzt gut oder schlecht?", gab Ariana ihr vorsichtig zurück.

„Gut. Sehr gut!", entgegnete die Freundin.

„Ich bin so froh, dass ich dich habe, dass ich mit dir reden kann und du mein Geheimnis bewahren willst!", flüsterte Ariana der Freundin ins Ohr.

„Du solltest auch vorsichtig sein, denn nicht alle Menschen sind gut!", äußerte Elani jetzt.

„Das hat mir Lunara auch schon gesagt, aber bisher hatte ich Glück, denn jeder, den ich bisher getroffen habe, war freundlich und gut zu mir", erklärte Ariana, legte sich auf den Rücken und strich sich über die kleine Wölbung ihres Bauches.

„Ich wünschte, ich könnte dasselbe sagen", seufzte Elani und kuschelte sich enger an sie an.

„Du stehst unter dem Schutz einer Göttin", entgegnete Ariana.

„Deinem?", erkundigte sich die Freundin.

„Nein! Dem von Lunara. Sie war schon immer für dich da und hat sicher auch schon deiner Großmutter geholfen. Du hast doch davon erzählt, dass sie ebenfalls die Mondgöttin verehrt hat."

„Ja! Meine Großmutter, die war wirklich einmalig. Sie war eine Heilerin und jeder hat auf ihr Wort gehört. Fast jeder! Meine Mutter nicht, denn sonst wäre ich wohl kaum mit diesem Scheusal verheiratet worden", seufzte Elani.

Jetzt strich Ariana ihrerseits über die Wange der Freundin.

„Sicherlich war dein Weg, den du bisher gegangen bist, bereits lange vorherbestimmt, denn ohne ihn wärest du jetzt nicht hier", erklärte Ariana.

„Hier? Mit dir im Bett?"

„Nein, hier in diesem Leben. Ich bin so froh, dass ich durch dich noch viel mehr von den Menschen lernen kann", flüsterte Ariana.

„Wir Menschen sind manchmal einfach nur furchtbar", entgegnete Elani und es klang resigniert.

„So schlimm finde ich euch gar nicht. Simone und Ingrid wollen heiraten und sind nett zueinander. Felix und Gisel mögen sich auch auf ihre Art. Du und Richard, ihr seid alle meine Freunde!"

„Aber es gibt so viele da draußen, die nicht so sind! Versprich mir bitte, dass du auch weiterhin vorsichtig bist!", sagte Elani und hob ihren Kopf, um Ariana in die Augen zu sehen.

„Du klingst wie Lunara", entgegnete Ariana.

„Auch sie meint es nur gut mit dir. Menschen haben nicht nur positive Gedanken und Gefühle. Sie können Liebe und Freundschaft in sich tragen, aber viele auch Gier, Hass, Missgunst, Neid und Eifersucht. Ich habe zahlreiche auf meiner Reise kennengelernt, die dich sofort für ein paar Münzen verraten würden!", erklärte Elani und legte ihren Kopf an Arianas Schulter.

„Ich muss noch so vieles lernen, wenn ich als Mensch unter Menschen nicht auffallen will", seufzte Ariana.

„Du meinst wohl: als Nixe unter Menschen?“, fragte Elani zurück.

„Es ist schon seltsam, dass ich das selbst manchmal vergesse. Mit Richard habe ich mein großes Glück gefunden! Und mit dir ebenfalls!“, flüsterte Ariana.

„Mit mir?“, entgegnete Elani überrascht und blickte Ariana verwundert an.

Statt einer Antwort küsste Ariana einfach die Freundin, doch Elani zuckte erschrocken zurück.

„Was ist?“, fragte Ariana.

„Du hast mich geküsst“, brachte Elani verwirrt hervor.

„Ja und? Ingrid und Simone küssen sich doch auch“, erwiderte sie.

„Ja, die beiden schon!“

„Und was soll da bei uns beiden so anders sein?“, erkundigte sich Ariana und setzte hinzu: „Wir liegen hier nackt im Bett, kuscheln uns aneinander und ich mag dich!“

Elani rückte sofort ein Stück von ihr ab und Ariana blickte sie verwundert an.

„Ähm, wir sind zwei Frauen. Ich mag dich auch, aber“, erklärte Elani.

„Schon gut“, seufzte Ariana.

„Es ist so schön im Bett, nur schade, dass jetzt eine von uns aufstehen muss, um Kaffee zu machen", versuchte sie jetzt die Situation zu retten.

„Ich mache dir gern Kaffee", antwortete Elani und wollte schon aufspringen.

„Du bleibst. Du bist doch nicht meine Dienerin! Ich gehe und du ruhst dich aus!", legte Ariana fest, erhob sich aus dem Bett, streifte sich ihr Nachthemd über und konnte damit den Abstand zu Elani etwas vergrößern.

Von der Tür aus warf sie seufzend einen Blick zurück auf die dunkelhäutige Freundin, die im Bett lag.

Als sie wenig später mit zwei Tassen Kaffee in das Schlafzimmer zurückkkam, hatte Elani ein T-Shirt an und saß im Bett.

Ihre großen fragenden Augen fixierten Ariana, sie nahm die Tasse entgegen und sagte: „Vielleicht muss auch ich noch viel über die Menschen lernen!"

„Vor allem musst du Vertrauen zu ihnen fassen können!", entgegnete Ariana und setzte sich neben sie.

„Können wir das nicht zusammen lernen?", antwortete Elani nach dem ersten Schluck Kaffee.

„Gemeinsam geht das bestimmt gut und Lunara hat dir doch die Gabe überlassen, Menschen sofort zu durchschauen. Oder?"

„Das ist wohl richtig. Ich muss nur noch den Glauben finden, dieser Gabe auch zu vertrauen!", erwiderte Elani.

Dann hob sie ihr Gesicht Ariana zu und küsste sie.

33. Kapitel
Gegen jede Wahrscheinlichkeit

Ingrid lag neben ihr im Bett, allerdings auf der äußersten Kante der Matratze, mit dem größtmöglichen Abstand zu ihr.

„Bitte Ingrid, sei mir nicht mehr böse!", bettelte sie.

Bereits Stunden schwieg die Freundin, seit sie ihr den Test gezeigt und berichtet hatte, wer der Vater ihres zukünftigen Kindes war.

Sie legte ihre Hand auf Ingrids Schulter, die diese sofort fortzog.

Dieses Schweigen schmerzte mehr, als es ein Schreien, Brüllen oder sonst irgendeine Regung von Ingrid es wohl vermocht hätte.

„Es tut mir leid!", sagte Simone und kämpfte mit den Tränen.

Es war eine saublöde Idee gewesen, Micha als Vater ihres Kindes zu missbrauchen und noch viel dümmer war es von ihr, Ingrid nicht in ihre Überlegungen mit einbezogen zu haben.

Schluchzend setzte sie sich auf und drehte sich von Ingrid fort.

Hatte sie damit die Verbindung zu Ingrid zerstört? Gab es noch eine Chance? Den Hauch einer Möglichkeit?

Wohl eher kaum und daher heulte sie ihren Kummer hemmungslos heraus.

Auf der Kante des Bettes, die Füße herabhängen lassend, ließ sie die Tränen einfach laufen.

Mitten in ihrer Trauer spürte sie eine Berührung an der Schulter und drehte den Kopf zur Seite.

Ingrid saß mit verheulten Augen hinter ihr und blickte sie an.

Sie wandte sich zurück und sie fielen sich beide weinend in den Arm. Gemeinsam ließen sie die Tränen laufen, bis zuerst Ingrid schluchzend zur Ruhe kam und wenig später auch sie.

„Es war eine blöde Idee von mir, aber ich wollte auch so gern schwanger sein!", klagte Simone schließlich und schnaubte in ein Taschentuch.

„Du hättest es mir einfach sagen sollen. Ich habe doch nichts dagegen, dass du schwanger bist!", äußerte Ingrid leise.

Sich erneut schnäuzend nickte Simone.

„Es war eben einfach der perfekte Zeitpunkt!", erklärte Simone und erzählte jetzt die ganze Geschichte. Von der falschen Rechnung angefangen, der Erpressung durch Micha und ihrem Trick im Hotelzimmer.

„Und was war gestern?", erkundigte sich Ingrid und wischte sich die Tränen ab.

Simone berichtete von den Sicherheitsleuten und der Situation im Keller.

„Und morgen musst du dem Chef wieder gegenübertreten", flüsterte Ingrid.

„Micha hat gesagt, wir wären quitt und ich bekomme den Posten als Abteilungsleiterin", entgegnete Simone.

„Glaubst du ihm? Denkst du, der gibt dir jetzt noch den Job? Du wirst dann ein Kind haben!", erwiderte Ingrid und blickte ihr in die Augen.

„In zwei Jahren werden wir zwei Kinder haben!", antwortete Simone.

„Du meinst, ich soll auf die Beiden aufpassen, während du Karriere machst?", antwortete Ingrid, schob sich das Taschentuch in ihre Hosentasche und blickte sie zweifelnd an.

„Ich weiß nicht. Ja, vielleicht", entgegnete Simone.

„Und bei jeder Überstunde muss ich mich dann fragen, ob du vielleicht gerade einen Schwanz im Arsch hast!", konterte Ingrid mürrisch.

„Nein! Das kann nur funktionieren, wenn wir uns ab sofort alles immer sagen!", erklärte Simone und zog die Freundin in ihren Arm.

„Lass uns das schwören. Auf diese beiden Anhänger, die du von der Ostsee mitgebracht hast!", erklärte Ingrid und zog den Tropfenanhänger unter ihrer Bluse hervor.

„So soll es sein, so wahr wir uns lieben!", bestätigte Simone, holte ihren Anhänger unter dem T-Shirt hervor und sie beide küssten sich.

Sie standen vom Bett auf und gingen Hand in Hand zur Küche hinüber, wo die beiden Schwangerschaftstests noch auf dem Tisch lagen.

Ingrid zeigte auf die beiden Plastikstifte und sagte: „Du hast mir erzählt, dass die Wahrscheinlichkeit nur bei 20 % liegt!"

„Ja! Und wie groß wäre wohl die Wahrscheinlichkeit, dass das bei uns beiden zum gleichen Zeitpunkt passieren würde?", entgegnete Simone und schob die beiden Tests zusammen.

„Ich habe keine Ahnung, aber es ist schön, dass es geklappt hat!", antwortete Ingrid und küsste sie.

34. Kapitel

Ein Nachmittag der Sinneslust

Die Gefühle zu Elani waren mit jedem Tag stärker in ihr geworden, mittlerweile wohnte die Freundin bereits seit zwei Wochen mit ihr zusammen in Richards Haus, es war Ende November und draußen so kalt, dass auch Ariana zwei Mäntel übereinander trug.

Jede freie Minute, die Richard ihnen beiden ließ, waren sie zusammen, das Bett in dem Zimmer in der oberen Etage, das am Anfang noch für Elani vorgesehen war, war jetzt nur noch pro forma da, falls das Amt kontrollieren würde, ob Elani wirklich eine eigene Wohnung hatte.

Nachts schlief Elani mit in ihrem Bett und meistens war das auch die einzige Zeit, die sie gemeinsam hatten, denn die Freundin arbeitete in Richards Restaurant und das sehr gern.

Soeben waren sie gemeinsam draußen unterwegs und wanderten unter dem grauen Himmel dahin.

„Hast du diesen Schnee schon mal gesehen, von dem Naomi so schwärmt?", fragte Ariana die Freundin.

„Nein, ich bin im Mai hierhergekommen. Und du?"

„Ich habe die letzten sechshundert Jahre den Winter in meiner Höhle verschlafen. Es ist mir schon jetzt einfach viel zu kalt!", entgegnete Ariana und musste daran denken, dass sie Wochen zuvor noch in ihrem Teich geschwommen war.

Fröstelnd zog sie den Mantel enger um sich herum.

„Heute früh war es nur ein Grad am Thermometer. Ich wäre fast in meinen Winterschlaf gefallen!", sagte Ariana und hob den Blick zu den tiefhängenden Wolken empor.

„Bereust du es, bei den Menschen zu sein? Vermisst du dein altes Leben?", erkundigte sich Elani.

„Nein. Und du? Vermisst du deine Heimat?", entgegnete sie.

„Ein bisschen schon, aber ich habe dich getroffen, das versöhnt mich mit dem Schicksal", erklärte Elani und zog die Schultern fröstelnd hoch.

„Wir sollten nach Hause gehen und uns eine schöne heiße Tasse Kaffee oder Tee gönnen!", antwortete Ariana und sah das Blitzen in den Augen der Freundin.

„Richard kommt bestimmt auch gleich heim und Naomi ist bei Simone! Wir hätten also heute sturmfrei!", offenbarte Ariana und beide mussten sie darüber lachen.

Eingehakt machten sie sich schnell auf den Rückweg zum Haus und trafen dort gleichzeitig mit Richard ein.

„Ich mache Kaffee!", sagte Ariana.

„Und ich mache es uns schön warm!", ergänzte Richard, als er das Haus betrat.

„Und was soll ich tun?", erkundigte sich Elani.

„Du kannst den Kuchen aus dem Backofen holen!", bemerkte Ariana und zeigte auf den Herd, in dem dieser wunderbar schmeckende Quarkkuchen stand, den Ingrid ihnen am Tage zuvor gebracht hatte.

Wenig später saßen sie zu dritt am Tisch, tranken Kaffee und aßen den hervorragenden Kuchen der Freundin.

„Das wird ganz schön warm hier!", äußerte Elani plötzlich.

Richard grinste unverschämt.

„Du hast den Thermostat aber nicht absichtlich auf 29 Grad gestellt?", fragte Ariana ihn schmunzelnd.

„Am liebsten würde ich mich jetzt ausziehen", seufzte Elani.

„Dann tue es doch. Ich glaube, das war auch Richards Absicht!", flüsterte Ariana der Freundin ins Ohr.

Erschrocken fuhr Elani herum.

„Du glaubst wohl, ich merke nicht, was ihr beiden hier so jede Nacht auf dem Sofa treibt?", erzählte Ariana und nahm das nächste Stückchen Kuchen auf ihre Gabel.

„Ähm", brach es aus Elani heraus.

Wenn ihre Haut etwas heller gewesen wäre, dann wäre wohl nun ziemlich deutlich zu sehen, dass ihr das Blut in den Kopf schoss.

„Du hast da nichts dagegen, dass wir zwei miteinander Sex haben?", erwiderte Elani leise.

Mit vollem Mund schüttelte Ariana nur den Kopf.

Richard auf der anderen Seite knöpfte sich schon das Hemd auf.

„Zwei auf einem Streich!", sagte er und lächelte sie über den Tisch hinweg an.

„Du meinst, du willst uns beide?", erwiderte Elani und blickt scheu in Arianas Richtung.

„Ich habe damit kein Problem, solange ich weiß, dass Richard mich liebt, wenn er in mir ist! Das Licht bleibt also an!"

„Es ist ja auch Nachmittag und sicher noch stundenlang hell!", erklärte Richard, der sich gerade das Hemd auszog und nach hinten warf.

„Keine Eifersucht?", erkundigte sich Elani jetzt.

„Was ist das?", entgegnete Ariana und küsste die Freundin.

Elani zuckte dieses Mal auch nicht zurück, sie erwiderte den Kuss und Richard schob sich schon die Hose von den Beinen, umständlich im Sessel sitzend.

Die Freundin löste den Kuss und schmiegte ihr Gesicht an Arianas Wange, dabei flüsterte sie in Arianas Ohr: „Dann soll es so sein!"

Knopf für Knopf öffnete Ariana die Bluse der Freundin, während sie mit der anderen Hand Elanis Nacken und Hals liebkoste. Vorsichtig schob sie ihre Hand danach in Elanis Bustier und spürte dort die Härte der Brustwarze.

Richard war mittlerweile völlig nackt, trat von hinten an Elani heran, zog ihr die Bluse von den Schultern, öffnete das Bustier und streifte Elani auch den Rock von den Hüften.

Innerhalb von nicht einmal zehn Sekunden saß die Freundin in Strümpfen, Slip und Schuhen vor ihr.

Gierig presste Ariana ihren Mund auf die Brust vor sich, Elani warf dabei den Kopf zurück und stöhnte laut auf.

Jetzt zog Richard Elani an den Hüften zu sich, hob ihren Hintern an und drehte sie so, dass sie vor der Lehne kniete.

Arianas Hand suchte erneut die Brust der Freundin und massierte diese, wobei Elani ihren Hintern verlangend nach hinten streckte.

Richard zog ihr geschickt den Slip bis zu den Knien herunter und strich mit den Fingern über ihre Vulva.

„Wie feucht du schon bist!", sagte er stöhnend, umfasste sofort ihre Hüfte, presste seinen Unterleib gegen ihren Hintern und rieb sich darauf.

Elani quittierte dies mit Aufstöhnen und jetzt brannte auch in Ariana das Verlangen.

Schnell entkleidete sie sich ebenfalls und verwöhnte ihren eigenen Schoß mit den Fingern.

Richard sah ihr dabei zu, setzte sein Glied an Elanis Scheide und stieß sofort zu.

Elani zuckte vor Überraschung zusammen, legte danach ihre Hand auf Arianas Venushügel und sie beide küssten sich erneut.

Richard stieß fester zu und Elani gab seine Stöße mit ihrer Hand direkt an Ariana weiter.

Dieses Gefühl war der Wahnsinn.

Ariana schaute ihnen beim Sex zu, die beiden waren offenbar bereits ein eingespieltes Team und verstanden sich blind.

Richard schloss die Augen, stieß weiterhin heftig zu und genauso hastig bewegte Elani ihre Hand vor und zurück.

Dieser Reiz öffnete indessen Arianas Schenkel nur noch viel weiter und sie wollte an dem Spiel teilhaben, daher ließ sie sich rückwärts auf das Sofa fallen und geschwind schob sich Elani auf ihren Bauch.

Damit lag die Freundin jetzt halb kniend zwischen Arianas Schenkeln und hob Richard abermals verlangend ihren Hintern entgegen.

„Ich habe mich noch gar nicht bei dir für die Hilfe bedankt!", hauchte Elani und ihr Mund suchte den von Ariana.

Aufeinanderliegend und sich wild küssend, spürte Ariana, wie Richard Elani hart von hinten nahm und die Freundin seine und ihre Lust abermals an sie weitergab, denn eine Hand umfassten Arianas Brust, während die andere noch über ihren Schoß strich.

Ariana schob eine Hand unter dem Körper der Freundin hindurch nach hinten, und danach zwischen Elanis Labien, die sich um Richards eingeführtes Glied spannten.

Richard verlangsamte daraufhin seine Bewegungen und sie konnte fühlen, wie er immer wieder fest in die Freundin drang.

Jetzt keuchte und stöhnte Elani laut in Arianas Ohr, ihre Hände wurden wilder, und packten fester zu.

Wo die Freundin sie vor Tagen noch nicht einmal küssen wollte, da war sie jetzt vor Ekstase rasend. Grob und gierig schob sie mehrere Finger in Arianas Schoß.

Das war zu viel für Ariana und sie kam stöhnend unter Elani liegend zum Höhepunkt, wodurch auch die Freundin jammernd kam und der Orgasmus sie regelrecht durchrüttelte.

Schließlich brach Elani über Ariana zusammen, sie keuchten beide einen Moment und versuchten danach wieder zu Luft zu kommen.

Nach einer geraumen Weile ließ sich Elani, noch immer schnaufend, zur Seite vom Sofa rutschen und gab damit den Weg für Richard frei.

Ariana hob ihr Becken, um ihn endlich in sich zu spüren.

„Bitte! Fick mich!", bettelte sie stöhnend.

Endlich drückte sich Richard ihr entgegen, dann schob er sich langsam über die ganze Länge in sie hinein.

Ariana keuchte, stöhnte und griff gierig zu Richards Hüften, um ihn zu schnelleren Bewegungen anzutreiben.

Und der ließ sich nicht zweimal darum bitten, sondern stieß sofort unbarmherzig zu.

Wieder und wieder trieb er sich tief und hart in Arianas zuckendes Fleisch, von der Seite schob sich Elanis Hand über Arianas Bauch zu deren Schoß und rieb schnell und fest daran.

Richard rammte sich plötzlich so tief in sie, dass er ihren Muttermund traf, Ariana schrie auf und kam erneut.

Der Orgasmus war explosiv und gewaltig, sie bäumte sich auf, packte Richards Schultern und hielt sich daran fest, während er ihr schnaufend seinen Samen in den Leib spritzte.

In wilder Leidenschaft stöhnte Ariana laut, krampfte und zuckte.

Letztlich löste sie ihre Arme von dem Geliebten und sie sank ermattet zurück auf das Sofa.

Elani strich ihr durch die Haare, lächelte sie an, beugte sich zu ihrem Ohr herab und flüsterte: „Danke, meine Göttin!"

Richard zog sich schnaufend aus ihr zurück und wenig später gingen drei nackte Menschen zusammen und eng umschlungen in das Badezimmer.

Was für ein Nachmittag!

Dankbar küsste Ariana Elani und Richard.

35. Kapitel
Im Strudel der Gefühle

Weiße Flocken fielen vom Himmel, es waren die ersten dieses Winters und Ariana hielt die Hand auf, um eine davon zu fangen.

Es war Mitte Dezember und sie fast im sechsten Monat schwanger. Nur noch ein paar Tage fehlten daran und am Weihnachtsfest, auf das Naomi mit wachsender Begeisterung reagierte.

Eine dünne weiße Schicht legte sich über die Gegend und gab damit der ganzen Szenerie etwas Ruhiges, als wolle die Natur alles mit einem weißen Bettlaken überdecken und danach zum Winterschlaf ansetzen.

Den hätte auch sie jetzt schon ein paar Wochen am Grunde des Teiches gehalten, aber sie lehnte mit dem Rücken an einem Baum und sah auf das kleine Gewässer hinaus.

Versonnen streichelte sie ihren schon deutlich gerundeten Leib und hob ihren Blick schließlich zu einem der Äste über ihr, auf dem sich soeben eine Mütze aus Schnee bildete.

In den mehr als sechshundert Jahren zuvor hatte sie niemals Schneeflocken und Eis gesehen, denn es waren ja gerade diese Monate, in denen sie in ihr Versteck abgetaucht wäre, um darin die

Zeit des Winters und des zugefrorenen Weihers zu verschlafen.

Doch in diesem Jahr war alles anders und sie konnte sich nicht mehr vorstellen, von Richard, Elani, Naomi oder den anderen lieb gewonnenen Menschen getrennt zu sein.

Sie wollte die kalte Jahreszeit unter ihnen verbringen.

Bis auf Elani wusste niemand, dass sie eine Nixe war und sie war auch weiterhin fest dazu entschlossen, es niemanden sonst zu verraten, denn die Warnungen von Lunara und Elani über die Menschen waren noch viel zu deutlich in ihren Ohren.

Schlendernd ging sie die zehn Schritte bis zu der Bank am Ufer, auf der sie im Sommer mit Richard zusammengetroffen war.

Versonnen strich sie über das Holz, wischte etwas Schnee von der Sitzfläche und setzte sich.

Sie lehnte sich an, hinter ihr war Lachen zu hören und sie drehte sich dorthin zurück.

Richard baute auf der Wiese mit Naomi einen Schneemann, Elani stand zitternd daneben und nur ihre Nase und die Augen schauten aus der dicken Vermummung heraus.

„Elani!", rief Ariana.

Die Freundin wandte sich ihr zu, Ariana winkte ihr und mit schnellen Schritten kam sie zur Bank und setzte sich.

„Ich kann mit diesem weißen, nassen und kalten Zeug nichts anfangen!", stöhnte Elani.

„Ich eigentlich auch nicht, aber Naomi gefällt es hörbar!"

„Du magst sie sehr. Oder?", fragte Elani.

„Ja natürlich. Ich mag sie alle, auch dich! Es ist für mich immer noch etwas verwirrend, mit diesen ganzen Gefühlen! Ich bin manchmal darin wie in einem Strudel gefangen!", entgegnete Ariana.

„Es ist auch für mich bisweilen verrückt. Liebe, Freundschaft, Neid, Missgunst und Hass! Diese Emotionen kann schon mancher Mensch kaum ausleben. Um wie viel schlimmer muss es da erst für dich sein!"

„Ich weiß, dass ich dich mag und Richard liebe. Mitunter ist es auch umgedreht!", antwortete Ariana, zog den Schal der Freundin ein Stück herunter und küsste sie.

„Naomi schläft heute Nacht bei Simone!", erklärte Elani.

„Also haben wir wieder sturmfrei!", entgegnete Ariana lächelnd.

„Ich hoffe, Richard macht es noch einmal so schön warm!", antwortete Elani.

„Wenn er es nicht macht, dann tue ich es!",
bemerkte Ariana und erhob sich von der Bank.

Elani blickte zu ihr empor.

„Ich liebe dich, meine Göttin!", flüsterte die
dunkelhäutige Frau.

„Und ich liebe euch! Ich weiß noch nicht viel
über euch Menschen, aber das weiß ich!", erklärte
Ariana, beugte sich hinab und küsste Elani abermals.

„Lass uns gehen!", sagte Ariana, griff nach
der Hand der Freundin und zog diese lachend
hinter sich her.

Der Schneemann auf der Wiese am Teich
brauchte unbedingt noch eine Schneefrau.

Und vielleicht auch noch eine Schneenixe!

ENDE
... oder noch nicht?

Von Uwe Goeritz im Verlag BoD (Books on Demand, Norderstedt) ebenfalls erschienene Bücher:

„Cecilia im Bann der Liebe"
Die ISBN lautet: 978-3-7392-4583-6 mit 112 Seiten

„Für Immer an deiner Seite"
Die ISBN lautet: 978-3-7412-8407-6 mit 112 Seiten

„Die Liebe ist (k)ein Ponyhof"
Die ISBN lautet: 978-3-7412-7920-1 mit 116 Seiten

„Griechische Küsse"
Die ISBN lautet: 978-3-7448-7274-4 mit 116 Seiten

„Liebe hinter Klostermauern"
Die ISBN lautet: 978-3-7448-8973-5 mit 120 Seiten

„Ein Pflaster für die Seele"
Die ISBN lautet: 978-3-7460-7947-9 mit 112 Seiten

„Das Tor zum Paradies"
Die ISBN lautet: 978-3-7528-5837-2 mit 124 Seiten

„Ein Kater rettet das Weihnachtsfest"
Die ISBN lautet: 978-3-7481-2863-2 mit 236 Seiten

„Aurelia - Geliebter Engel"
Die ISBN lautet: 978-3-7494-5128-9 mit 244 Seiten

„Sieben Nächte im Paradies"
Die ISBN lautet: 978-3-7347-6647-3 mit 244 Seiten

„Drei verrückte Weihnachtswünsche"
Die ISBN lautet: 978-3-7494-8575-8 mit 172 Seiten

„Ein besonderes Praktikum"
Die ISBN lautet: 978-3-7528-4866-3 mit 248 Seiten
„Aurelia – In himmlischer Mission"
Die ISBN lautet: 978-3-7519-1416-1 mit 244 Seiten

„Groupies tragen keine Ringelsöckchen"
Die ISBN lautet: 978-3-7519-8353-2 mit 136 Seiten

„Heiße Küsse im Advent"
Die ISBN lautet: 978-3-7526-1175-5 mit 264 Seiten

„Aurelia - Liebe in teuflischen Tiefen"
Die ISBN lautet: 978-3-7526-4538-5 mit 260 Seiten

„Auf der Suche nach Mister Romeo"
Die ISBN lautet: 978-3-7534-9226-1 mit 160 Seiten

„Ein Winterurlaub der Sinne"
Die ISBN lautet: 978-3-7543-7451-1 mit 252 Seiten

„Aurelia - Im Kampf auf Liebe und Tod"
Die ISBN lautet: 978-3-7557-6151-8 mit 272 Seiten

„Eine Nixe zum Abendessen"
Die ISBN lautet: 978-3-7557-1044-8 mit 252 Seiten

„Weihnachten auf Schloss Wolfenfels"
Die ISBN lautet: 978-3-7568-3661-1 mit 260 Seiten

„Liebe Undercover"
Die ISBN lautet: 978-3-7392-1463-4 mit 248 Seiten

„Traumhafte Weihnachten"
Die ISBN lautet: 978-3-7578-2962-9 mit 240 Seiten

„Mit Sicherheit Liebe"
Die ISBN lautet: 978-3-7583-0113-1 mit 232 Seiten

„Santas siebente Elfe"
Die ISBN lautet: 978-3-7583-5134-1 mit 236 Seiten

Aktuelle Informationen und Neuerscheinungen finden
sie immer im Internet unter:

www.Goeritz-Netz.de